庆梅看着张娇就像看到了当年的自己，啥都还没弄出个头绪来，就着急生了孩子。凭空添一条人命，张嘴要吃饭，才知道生活的压力。张娇每天手上抱着伢，心里头空荡荡的。

男方为结婚，彩礼、买房、装修、办酒、生产，一连几项开销，欠下几十万的债务，经济不力，逼得公爹六十了还得出去谋营生，在工地上给人提灰桶做小工，家里留着婆婆与她带伢过活。

张娇不光想着还账，更想着将来的日子。眼前黑洞洞的，不知道何处有亮光。原看着庆梅开个改衣摊儿，将看着能不能做起来，若做得起来，她就开个服装店，也算是自己的老本行，顾客这里买了服装，肥了瘦了，开了裂了，哪里不合意，可以在庆梅这里改过，俩人

一枝金桂

宋小词 著

河北出版传媒集团
河北教育出版社

年轮典存丛书

编者荐言

中国当代文学已走过七十多年，每一次文学浪潮的奔腾翻涌，都有彪炳文学史的作家留下优秀作品。

回首20世纪七八十年代，改革开放开启了中国当代文学持续至今的繁盛，由于几百家文学刊物的存在，中短篇小说曾是浩荡文学洪流中的浪尖。然而，以1993年“陕军东征”为分水岭，长篇小说创作成为中国文坛中独立潮头的存在，衡量一个作家的创作成就及一个时期的文学成果，往往要看长篇小说的收获。中短篇小说的创作和读者关注度减弱，似乎文学作品非鸿篇巨制不足以铭记大时代车轮驶过的隆隆巨响。

进入21世纪，特别是党的十八大以来的新时代，我们乘着光纤体验世界的光速变迁，网络文学全面崛起，读图时代、视频时代甚至元宇宙时代的更迭，令人应接不暇，文学创作无论是体裁还是题材都呈现出一种扇面散播效应，中短篇小说创作也再度呈扇面式生长，精彩纷呈。

为此，我们特编辑了这套“年轮典存丛书”，以点带面地梳理生于不同年代的当代优秀作家的中短篇小说精品，呈现不同代际作家年轮般的生长样态。

我们不无感佩地看到，生于1940年前后的文学前辈，青年时已是文坛旗手，在当下依然保持着丰沛的创作力，他们笔耕不辍，使当代文学大树的根扎得更深。

“50后”一代作家已走过一个甲子，笔力越发苍劲。他们不断返回一代人的成长现场，返回村镇故乡、市井街巷；上承“40后”的宏大命运主题，下接烟火漫卷的无边地气；既广受外国文学的影响，又保有中国古典文学的高蹈气质。

在“60后”这一中坚力量的年轮线上，我们能看到在城乡裂变、传统向现代过渡的进程中，一代人的身份确认、自我实现，以及精神成长的喜悦和焦虑。

“70后”作家因人生经验与改革开放四十年紧密相连而被称为“幸运的一代”和“夹缝中壮大的一代”，也是倍受前辈作家的成就影响而焦虑的一代。如今已与前辈并立潮头，表现不俗。

而作为“网生一代”的“80后”和“90后”，他们的写作得到更多赞誉的同时，也承受了更多挑剔和质疑。但经过岁月淘洗，我们欣喜地看到，曾经的文学小将已在文坛扎扎实实立稳脚跟，相继以立身之作进入而立和不惑之年。

六代作家七十年，接力写下人世间。宏阔进程中的21世纪中国当代文学，正在形成新的文学山峰的山脊线。短经典历久弥新，存文脉山高水长。

目　录

CONTENTS

一 枝 金 桂

叮……叮……

庆梅远远地听到了电铃声，看看墙上的挂钟，五点半，学生们要下课吃饭了。庆梅赶紧挂断丈夫的视频通话，系上围裙进厨房。厨房逼仄，四壁的白色瓷砖人老珠黄，油渍似长了脚，跑得满墙都是。刚搬进来时，庆梅用威猛先生和钢丝球收拾了大半天也没弄出个眉清目秀来，便也泄了气。毕竟只是陪读之所，还有两三个月就退租了。

晚餐两个菜，一个炕猫鱼，一个青椒炒蛋。鱼是公公用罾子罾的，上午托人从乡下送来。小鱼做起来费功夫，一条一条得先用手掐破肚子抠出泥肠，稍大一点儿的还得用指甲刮鳞，完后用盐沤一沤，再放入油锅里，用文火细细地焙，稍不留意鱼就煳了，但凡有一点儿煳味，女儿就要撂筷子。所以庆梅每次做这个菜，都是提前把鱼焙好，不赶急。

到锅里撒过小葱，烹出香味时，楼下就传来细碎的脚步声和零乱的嬉笑声。青春少年样样红，他们像林子里的麻雀，叽叽喳喳，吵嚷得破旧小楼瞬间生气勃勃。各家屋里也开始锅铲碰碗勺，丁零当啷，欢声笑语。

庆梅在女儿进门前，就把饭菜端上了桌。女儿一进屋，庆梅就招呼：“杏杏，快来吃饭。”杏杏没有回应，只把校服脱在椅子上，抱着一摞资料径直进了卧室，关上房门。

庆梅等了等，还是起身走到房门前，说：“杏杏先吃饭吧，有炕猫鱼，凉了腥，就不好吃了。”

“你吃吧，我不饿。”

“杏杏！”

“哎呀，我有事，说了不吃不吃。”

女儿的口气已经有些不耐烦了，庆梅也只得作罢，把那碗炕猫鱼用碗扣上。自己吃一个菜就行了。

这么多年在外打工，庆梅对吃穿向来无甚要求。工友们都贬损厂里的食堂，说水煮盐拌，无滋无味，老家年猪的伙食都比这强。但庆梅却吃得香，因为合算。以前每年她还给自己买几身衣服，现在女儿大了，衣服尺寸合适，就开始捡女儿的旧卡通卫衣、百褶短裙，也不择个款式，穿得上就行。在一起的陪读妈妈们调侃她，说看庆梅的背想犯罪，看庆梅的前面打倒退。人家笑，她也跟着笑。她言谈短，坐在人缝里也不多话。杏杏奶奶以前背地里总叫她闷嘴葫芦，现在当着面也这么叫。

杏杏对她的态度一向不好，从小就这样。他们两口子一年里也就春节回来十几天。这短暂的假期里，庆梅想跟杏杏亲热一点儿，杏杏却见她就躲。杏杏身上的一些小毛病，做娘的有时候看不过想说说她，庆梅说一句，杏杏要还上十句。他们自觉对杏杏有亏欠，也不敢过多指教，对于女儿的任性多是忍着让着，想着“树大自然直”来宽慰自己。

女儿办十周岁酒的那年春节，家里来的亲戚多，庆梅教杏杏喊人，舅爷爷、姨奶奶、姑外婆、姨外公、张妈、李妈……杏杏叫了几个后就不耐烦了，当着客人的面捂耳朵：“哎呀，讨厌死啦，我不叫了，不叫了，要叫你自己叫。”说着就跑开了。客人虽然嘴上说着没事没事，小孩儿都这样。但庆梅觉得人家心里对杏杏还是有看法的，小孩子没教好嘛。

酒席散后，庆梅跟杏杏说到这个事，批评女儿缺少教养，十岁了该懂点儿事。

杏杏对庆梅嘟嘴板脸，说：“你管得着我吗？我不要你管。”

庆梅反问：“你是我生的，我不管你，谁管你？”

杏杏鼻子里哼了一声，说：“你凭什么管我？你没资格管我，你生下我五个月就把我丢给爷爷奶奶了，是爷爷奶奶把我养大的。”还说：“我不过就借你的肚子过了个路，跟阿猫阿狗下崽儿一样。”

庆梅当时就如棉布浇过米汤，僵住了。这哪里是自己十月怀胎，发动时疼了一天一夜生下的女儿？分明是个孽障，竟说出这番话。她十足给气着了，但还是忍着，不轻不重地揪了一下女儿的嘴巴，以示小小的教训，不想女儿踢了她一脚。从前说她几句，还嘴也算了，如今竟还起手来，完全没个惧怕了。庆梅彻底怒了，多年积攒的心酸委屈一齐涌上来，她一把揪住女儿的耳朵，将她从椅子上拖到地上，然后巴掌跟下雨一样落在女儿身上。

庆梅边打边质问："你是我生的，我还管不着你了？谁教你的道理？谁惯的你？我在外面起早贪黑，不抛撒一分钱，板凳坐得屁股长茧子，我为了谁？供着你吃好的用好的，我还管不着你了。还编派自己的娘是畜生，你是我这个畜生下的，那不是畜生的怎么没把你教成人？"

那是庆梅嫁到这屋里十一年，第一次展示她的火性。起初的争争讲讲，家里人没怎么在意，知道她们母女间一直是卯不对榫，直到母女俩闹得动静大了，哭喊起来，才一起奔上楼去。爷爷拉孙女，丈夫拉妻子，这才把母女俩分开。

杏杏像是受了天大的委屈，放肆大哭。庆梅也转身奔房里躺在床上抽泣。

杏杏奶奶在楼下立时发作起来，摔锅摔碗，骂骂咧咧，说："这伢儿脸上这么红一个巴掌印，下死手了，什么意思？打丫鬟的屁股耻小姐的脸？打给我们看的，我们两个老不死的挡了你的眼睛，没能暴死顺你的意。伢儿这么大，她又讲错半句话了吗？你不是只五个月就把她甩屋里了？她长到十岁，你做娘的给她洗过几次尿片？喂过几口奶？喂过几次饭？穿过几次衣？头疼脑热，发烧几天，打电话叫你回来看下伢儿，你哪次回来了？打吊针喂药，你做过几次？从幼儿园读到小学，你们做娘老子的接送过几次？她难道不是只从你肚子里投了个胎？”

丈夫邓冠军杵在楼梯间，只一个劲儿地叫他妈少说两句，大正月里，过不了几天，他们就要出门去了，不要闹得一年里心里都存个疙瘩，在外面做事都没有意思。

杏杏奶奶越发高声了，说：“是我要闹的？是我得了失心疯要搅得你家宅不宁？别人做娘的打伢儿都是巴掌高高举起，轻轻落下，她倒好，真是下得去手，今儿才晓得她的心这么毒辣。”

“妈！”冠军说，“她动手打杏杏，也是为她好，就算是下手重一点儿，也是失措。我跟妹妹小的时候不听话，您跟爸爸还用赶牛的鞭杆打过。哪有父母真的不弹儿女一指甲盖的。”又掉脸对女儿说：“杏杏，你不要哭了，今天跟你办了这么大一场热闹酒，十岁了，不小了，不论怎样，你是爸爸妈妈生的，爸爸妈妈还说不得你一句了？”

杏杏说：“爷爷奶奶说得我，爸爸姑姑说得我，就是她说不得我。”

“杏杏！”冠军高声大叫，“你再这样说，信不信，我等会儿也把你踩到脚下打一顿。”

“好了好了，我们出去玩，去超市看看，看有没有你爱吃的小零食。”杏杏被爷爷半拉半拽地弄出去了。

外面的一举一动，庆梅在房里都听得一清二楚。面对婆婆一连串的质问，她除了窝心的疼，却实在是一句也分辩不得。

十年前，她把一团奶香的肉丢在家里，拖着行李箱，天不亮就出门，为的是赶到县城七点半开往广州的火车，出门那一瞬，她何尝不是如断肠一般，她是一路哭到广州的。头两个月进厂子做衣服，手指头被缝纫机的针扎得鲜血直流，都是因为太想孩子想出了神，动不动就魂不守舍，缝纫机针头弄断好几回，组长批评过几次。过了小半年，才渐渐适应。想着多做一件衣，孩子的奶粉就能多吃一顿，衣服就能多穿一件，玩具就能多买一个。她在这里吃差一点儿穿差一点儿没什么，但想到千里之外老家的孩子被养得白白胖胖，穿得花枝招展，别人一逗就笑，这比什么都好。她常常在脑海里想象这样的美好画面，这样一想，她踩缝纫机的双脚就格外有力，那是心里溢出的一股热望。

后来她一脚一脚踩出来的血汗钱，和做油漆工的丈夫一刷子一刷子刷出来的辛苦钱就化作了杏杏的婴儿推车、学步车、滑板车、平衡车、三轮车、自行车、电动狗、电动兔、电子琴、芭比娃娃……后来，为了杏杏上学不再像他们那样一走二三里路，夫妻俩省吃俭用，各方借钱凑款，在镇上买了一幢小楼房，把最明亮的一间屋留给女儿，新柜子新桌椅，新床新铺盖，还装上了粉色的纱幔。他们对杏杏能生不能养的愧疚，只能用这种方式来弥补来平衡。

可孩子哪里知道这些，每次回来一见面，她伸手要抱她，她身子一扭就躲开了。待到时日稍长，熟悉了一些，有点儿亲近的意头，她却又要动身走人。以前女儿也赶过路，抱着他们的行李箱不让他们走，哇哇哭。伢儿哭，她也哭，可最终还是扯下女儿的手。她心里也滴着血。买房子欠下的二十多万元的账要还，人情开支，老老少少的生活如泰山般压在他们两口子的头上，哪里能顾及许多呢。这村里、镇上，谁家不是这样？有几个打工的能在城里安家落户，得个合家团圆的结局。

再以后，孩子就越发拢不住心肠了，一张钉毛铁嘴，处处跟她对头来。她但凡说一点点不合意的话，女儿就捂耳朵，还振振有词："不听不听，王八念经。"带她去街上买衣服，她觉得女儿穿红色好看，女儿就偏挑绿色；她给女儿夹菜，女儿故意把菜拨出来，让它掉在灰里。公婆虽然也会说杏杏不对，但嘴角却向上一扬，扯出淡淡的笑意，女儿又精怪，从这阴阳两面中立刻捕捉到纵容的信号。丈夫倒是大声说过女儿几次，出于亏欠，也只是点到为止。

这个时候，庆梅心里就会对公婆有种说不出的恨意，她觉得女儿秉性乖张，不敬母亲，完全是公婆教导所致。他们把对儿媳的不满和成见灌输给了孩子，不然两口子都是长年在外打工，都没尽抚养之情，为何孩子对爸爸不反感，独独反感自己呢？特别是孩子说“我不过就借你的肚子过了个路”，这哪是孩子说的，分明就是公婆平日里的话。

挑唆孩子对母亲的仇恨，离间母女，究竟谁恶毒？可心里明镜似的又能怎样呢？等他们夫妻俩抬腿走人后，家里一摊子还是得仰仗他们。到底能力不足，做不起长子，只能低头做人。这窝囊气就像一盘狗屎，每年她都得活吞几回。

那一次闹过后，夜里庆梅跟丈夫打商量，让他把自己的火车票退掉，今年不打算出门做事了，就在家照顾孩子，半大孩子跟棵苗似的，趁还没成树，歪歪扭扭的地方赶早别一别。

庆梅的担忧，丈夫冠军也感同身受。从前他没有细想过他的家庭，如今住在镇上装修一新的房子里给女儿做生日，屋里高朋满座，耍狮子的、打莲花落的、喊彩的一拨接一拨给他送喜，这个家在他们夫妻俩的手里有了兴旺之意，再看看打齐自己胳肢窝的孩子，内心一时也涌上许多感慨。岁月不饶人，十年时光也就在一晃之间。自己也四十岁了，人生登顶，往后渐渐便是下坡路。上有老下有小中间有妻子，这副重担感觉有点儿压肩了。

女儿十岁，还不懂一点儿人情世故，二黄八调，一点儿不能体谅父母的难处，想想也丧气。

冠军知道妈对庆梅有怨愤，在亲戚乡邻面前也不隐瞒对儿媳的态度。说庆梅不知好歹，一年回来一次，没有一句热心窝子的话；小姑子回娘家接待得不过细，冷面冷孔；把钱看得太重，一家人打个麻将，输赢都算得清清楚楚。

他们不待见庆梅，还有个深层的原因，两个老人先想着头胎生个女儿挺好，按政策，过几年他们就可以要第二个，还是想个孙子。这个他们也想，当初生下女儿，他们也有生二胎的念头，后来才知道生儿容易养儿难，渐渐地这念头就淡了。但父母心心念念。

杏杏满五岁那年，年三十的团圆饭上，庆梅看桌上凭空多了一副碗筷，以为自己拿多了，准备收起来。爸妈制止了，说："摆着，是个好彩头。"说着就朝庆梅笑。他会到了爸妈的意，也笑。只她一头雾水，说："一副空碗筷是什么好彩头，赚得盆满钵满？"爸说："别说盆满钵满，你们就是挣个金山银山，没个人也是白挣的。"妈说："多摆一副碗筷是盼着家里添人进口。"儿媳这才领会公婆的深意，原来是在催生。他当时呵呵傻笑，没顺承也没拒绝，模棱两可。但庆梅的态度很坚决，没条件要二胎。妈当时就甩脸了，问："什么叫没条件？"话也说得难听，"是缺种还是缺窝？"

庆梅也气，说："再生一个，又把伢儿丢屋里养，养得不认爹和娘，有什么用？"

庆梅这话一落地，如乱棍捅了马蜂窝，一家人连团圆饭都没吃下地，婆媳俩就你一句我一句，连骂带斗狠，一直吵到放出行的炮仗才算完。这一仗过了快半年，关系才缓和，缓和了之后又提了一次二胎，反正只要以后他爸妈提这个话，庆梅就不接腔，一年一年过去了，二胎都放开了，别的媳妇都在生，就庆梅肚子一直没动静，他爸妈也知道了"闷嘴葫芦"的狠劲儿，疙瘩也是越结越深。

庆梅知道婆婆对自己不满，那种笑脸相迎的场面就更做不来。一头冷，一头寒，这些年他两边涂抹，婆媳还没成冰，好歹能在一个锅里吃饭。

冠军说："你今年不出去也好，在家松散松散，年头给杏杏做了酒，人情又要赶一网。再一个杏杏这孩子确实是没个管束，要给她上上发条了，学习、脾气、性格都要好好拧一拧，不能说学习没学好，做人也做不像。儿女不成器，父母做死也是一场空。"

丈夫说着，庆梅就听着。十多年的夫妻了，虽然当初冠军对自己不满意，是自己看人家失恋了，主动去钻的空子，后来因为怀上了孩子，才勉强结的婚。但这些年两口子在外打拼，庆梅的勤劳节俭、温顺把家渐渐赢得了丈夫的真心。冠军现在对她是心满意足，什么都听她的盘算，这也令庆梅很是欣慰。丈夫知冷知热，她也甘愿在婆婆面前退让几步，尽量不让他受夹板气。家和万事兴嘛！这朴素的道理她还是懂的。

庆梅至今还记得那年开学第一天，女儿起床下楼问她奶奶，说：“他们走了？”奶奶说：“天不亮就走了，不走怎么办？不出去挣钱怎么养你这一口刁牙。”

“哼！你才是刁牙呢。”

“没相啊，怎么跟奶奶说话呢，走出门要被人说有娘生无娘养。”

“我本来就是有娘生无娘养啊，是你跟爷爷养的我。”

“爸爸没养你？不是爸爸在外面辛苦挣钱，我跟爷爷怎么养你？”

“对，还有爸爸，还有姑姑。我的这双雪地靴还是姑姑给我买的。”

楼下的一问一答，庆梅在楼上听得清清楚楚。她在卫生间洗漱完，擦了香，在楼上看到杏杏爷爷推出了摩托车，看样子是准备送杏杏上学的。庆梅便下楼。

庆梅今年不出门的决定本就是临时起意，公婆也不知道，所以一家人看她从楼上走了出来，都把两只眼睛瞪到她。公婆猜疑是不是两口子吵了架。庆梅反正不出言解释，随他们心里去打鼓。

她从椅子上提起杏杏的书包，说："杏杏，妈今年不出去打工，专心在家陪你，以后你上学放学我来接送。"

杏杏先翻脸撇嘴，夺过书包，昂首挺胸地走出门，准备把书包朝爷爷扔去，却又在脱手的一刻旋回身子，掷到庆梅的怀里。庆梅慌忙接住，嘴角不露痕迹一笑，跟在杏杏后面一步一步地向学校走去。搬到了镇上，学校也离得近，拢共也就十分钟的路程，并不需要摩托车。

满校园的孩子除了父母在镇上工作的由父母接送外，其余全是爷爷奶奶接送的，一个个面目黧黑，皮皱如松，一身田地里做事的衣裳，泥色点点，有的爷爷连自己的尿门都没拉好，更顾不上孙子衣装的整洁干净。她以前总想即便是农村，现在经济条件比过去好多了，留守的孩子不过是缺少父爱母爱，但穿衣戴帽是不会邋遢的。看了才知道，没爹没妈照顾的孩子，若遇上老人不讲究的，面上看上去也是一副可怜相。这样一想，她觉得杏杏奶奶这方面还不错，至少她看杏杏的照片，跟杏杏视频，女儿的穿衣梳头，奶奶还是很用心的。

同学都跟杏杏打招呼："杏杏，这谁啊？"

杏杏支吾了一下，说："我妈。"

"啊，你妈还没出门去打工吗？我爸妈正月初八就去了，迟了怕找不到事做。"

"我妈今年不出去了，专门在家陪我。"

“哇！杏杏，你妈真好。我也好想我妈在家陪我，可我妈说人要是不长一张嘴，她就可以天天陪我了。”

杏杏不懂，问：“为什么啊？”

同学说：“他们要挣钱糊我们的口啊。这张嘴一天可要吃三顿饭的啊。”

“哦，哈哈哈哈。”

开学一个多星期，庆梅就清楚了女儿在班级里的学习状况。一个班六十多个孩子，杏杏属于中等偏下。

老师没把杏杏放在眼里，杏杏也没把老师放心上。每天放学回家就窝在沙发上看电视，老师布置的啥作业也不知道。以前不在身边没办法，现在在自己眼皮下面，松松垮垮的样儿庆梅看得浑身胀疼。

她要杏杏关掉电视写作业，一遍两遍，杏杏就跟没长耳朵似的，沉浸在剧情里看得呵呵笑。庆梅走上去就把电视给摁了。屏一黑，杏杏就大哭。她一哭，楼下奶奶就跑上来替孙女出头，说：“你不在屋里伢儿蛮听话，你一回来，三天两头就要跟她搞一出，这满街上只你屋里头有伢儿，别人家怎么没拿伢儿做腔做调。”

“你现在护短，多惯肆她，惯肆得她将来成不了人。”庆梅气婆婆。

“我的孙子我就要惯肆，惯肆了就不能成人？冠军跟冠梅都是我惯肆长大的，他们没成人？你又没给我邓家屋里传个后，将来撑门顶户还不是要指望她，惯肆了又怎样？”婆婆一张嘴跟锯条子一般，每次吵架都要拉出血带出肉。这样吵下去没有一点儿意思，她只能旋过身子关门退阵。

看庆梅没吱声，婆婆失了面子，在楼下撺掇老头子一起收拾行李，气鼓鼓地跑上跑下，闹出巨大的动静来发泄。

庆梅在楼上躲清净，却看见杏杏不知何时又踅摸上来，跟个没事人似的，盘着两腿窝在沙发上依然看电视。看着半大的女儿，没长心肝的样子，庆梅身子一沉坐在一旁的沙发上，觉得这几年她血汗洒一地，搞了一场空，闭上眼不觉流下两行眼泪。等庆梅睁开眼时，发现电视已经关掉了，女儿也不在沙发上，扭过头一看，她坐在一角的木桌旁，手里拿着笔正一摇一晃地写作业。庆梅霎时心头又一暖，再一次滚下泪珠。

也不怪杏杏迷电视。小镇上麻将风气严重，她爷爷奶奶也是这里头的常客，打牌的人上了牌桌就跟上了战场一样，亲娘老子都不一定认，哪里还顾得上孙女写不写作业？把电视打开，手机给她，只求她不哭不闹。

庆梅抹干眼泪，起身坐到了女儿的旁边。

女儿的作业写得磨磨蹭蹭，笔拿在手里，跟熬糖稀一样，硬是落不下去。

庆梅说：“快写呀！”

杏杏说：“我不会。”

庆梅试着看了看，也参谋不出什么。自己也就是小学文化，又跟书本绝交了十多年，比杏杏也清白不了多少，只知道杏杏写的字跟自己当年读书时一样，如鸡脚画的。庆梅叹了一口气，自己也正是学习不好，才去学的手艺，难道女儿也要走她的老路？庆梅下楼做晚饭的时候，捏着锅铲站在灶边出了半天神。

饭熟了，又到婆婆房里去喊吃饭，讲个话低个头，婆婆屁大点儿事喜欢跟儿子打电话。冠军一个漆匠，跟着装修队，经常要在工地上爬脚手架刷涂料。做事的心里不太平，站在半天空里怕出个万一。

吃完饭，庆梅毛起胆子跟杏杏班主任打了个电话，想问问老师的住址，好去老师家里坐一坐。老师推却了，说："有什么话直接到办公室说，不必来家里。"庆梅热情笑着，鼓起勇气还想继续说动一下老师，但老师却挂了电话。

杏杏倒是精明，听出庆梅是在跟班主任打电话，说："我知道黄老师家住哪，她就住学校里面的家属楼，三栋一单元301，我们班上有几个学生放学后都去她家写作业。"

"去老师家里写作业？自己家里连写作业的地儿都没有吗？"

杏杏摇摇头，说："不知道。"

庆梅像是悟到了什么，问女儿："杏杏，那几个去老师家里写作业的同学，他们学习好吗？"

杏杏想了想，然后点点头，说："好啊，每次考试他们都是班上前十名。毛小涛去年二年级的时候成绩还没有我好，但自从他去黄老师家里写作业后，期末考试就考到了班级的第十八名。今年开学一周摸底，毛小涛就是班级第十名了。"

庆梅看了看女儿，问道："杏杏，你想不想把成绩弄好，也考个班级前十名？"

杏杏连连点头，说："想啊想啊，当然想了，妈呀，你不知道我们班级考前十名，学校卫生大扫除就可以不用劳动，而我们几个分数垫底的每次都要扫厕所。"

庆梅笑了笑，这学校还是老规矩，自己当年就是打扫厕所的一分子。

次日庆梅在镇上打听了一番，不打听不知道，一打听吓一跳。有些见了世面的农民工家长们，都舍得在家乡教育事业上砸钱，从孩子上幼儿园开始，就很注意跟老师们搞关系，又勾勾又丢丢，是节不空过，春节回家之前，有心的家长早已在饭馆里订好了桌席，专门抽一天日子宴请老师，另外还要表表心意。特别是教师节尤其隆重，听说有几个家长送老师的礼物，已经不是聊表心意的级别了。什么香奈儿香水、宝格丽项链、古驰包包，庆梅听都没听说过，等到别人说出三千、五千、一万、两万的价格来，她惊掉下巴，老半天才回过味儿来。

这些"情报"像根扁担，横在庆梅的心里，晚上在床上翻来覆去跟煎烧饼一样睡不着，十一点多钟还跟冠军打电话说了这个事。冠军觉得这些在老师面前砸一万两万的家长是在发泡，嫌钱多了蜇手，有病。冠军说：“孩子读书学习靠的是自觉，给老师送礼了，就能把知识送到孩子肚子里去？扯淡！”

庆梅一时恍惚，她觉得丈夫说得也有道理，但是她又觉得这道理也仅仅是道理。她说：“现在杏杏的成绩稀烂，老师们也不大重视，我们也帮不上孩子的忙，这样下去，将来不过是走我们俩的路，学个手艺出去打工。”

冠军一时陷入沉默，似乎也讲不出什么话就直接挂了电话。庆梅无头无绪，睡也睡不下去，在黑暗的床头枯坐。乡镇的夜晚深幽得如同一条隧道，偶尔一阵喧哗，响亮又朦胧。越发觉得黑夜的厚重与漫长。

猛然间枕边手机呜咽，是冠军打来的。时间显示凌晨两点。冠军说：“挂了电话一直到现在没合眼。怪不得我们在外面搞死也搞不到多少钱，我们脑子就没人家脑子转得活，那些肯给老师送大礼的家长比我们聪明、清白。我们只知道要让孩子搞好学习，没想到搞好学习还有巧机关。不讲说一万两万，就是花十万，只要孩子将来能考到一中，或是更好的高中，再考个好大学，改变一生的命运，值啊，值。”

庆梅也来了精神，说：“你说我们这么多年怎么就不开窍呢？杏杏不蠢不笨，怎么就读不进去书呢？若我们早点儿觉悟，让她也从一年级开始就在老师家里写作业，有个人监督，她也是个好苗子。”

冠军说：“幸亏你今年在家，打探了这些门道，杏杏才三年级下学期，为时不晚，咱们也看穿一些，你明天带五千块钱去一趟市里的商场，看看给老师买点儿什么，马上三八妇女节，我们也表示表示。”

挂了电话，庆梅恨不得立刻天亮，她好搭车去市里，给老师挑选礼物。迷糊中她觉得自己已经把一个大大的礼盒交到了黄老师手里，然后她隐隐看到了杏杏身后有了一束光亮，杏杏朝着光亮奔跑，跑进了光束里……

虽然身上揣了钱，但看到那些装修高档一点儿的门店，庆梅还是很胆怯。在广州打工这么多年，休息日她一般是去丈夫做事的工地，工地的工人都是老乡一伙，在这里说话打闹庆梅觉得自在。当然她也跟姐妹们搭伴逛过几次商场，逛过一次她就彻底明白，这种场所不是她们来的地儿，那排面那阵势跟她们的穿着打扮和一口外地方言搭不着界。每个店员看她们的眼色就跟她们在老家看疯子似的。有个姐妹阿芸受不了这门缝里瞧人的冷眼，想去争个脸面，拿起一件衣服试了试，阔声问：“多少钱？”店员热情地笑了笑，说：“您是新人进店，享受会员九折优惠，打完折一千九百元。”

庆梅吓了一跳，条件反射似的，问道："多少？"

店员一字一顿清楚地说："一千九百元。"

庆梅让她赶紧脱了，阿芸脸上一片绯红，但绷着面子还站在镀金的镜子前左照右照。店员预感到这笔交易会失败，提前收回微笑，摆出裁缝撂剪子——不裁（不睬）的态度。

"这件衣服我买了。你别狗眼看人低。"

"哦，这位靓妹你误会了，我没有这个意思。"店员马上放下手机，又点头又哈腰，热情的笑脸再一次绽放，"您是就这样穿着还是需要装袋？"

"我就这样穿着。"阿芸斜了一眼店员。

庆梅知道阿芸心气儿高，想给姐妹们争个面子，但她觉得为争这个虚面花费一千九百元不划算。她们本来就是做衣服的，一件衣服成本合多少，这行里水深。一千九百元寄回老家可以过大半截日子，何必在这里跟一个店员打肿脸充胖子呢。

在店员准备剪吊牌时，庆梅说："慢，我们检查一下衣服质量。"庆梅细细地验看，果然真被她在腋窝处发现了毛病，开了很长一道线缝。虽然店员说不影响穿着，可以补救，但毕竟也是质量问题。阿芸知道庆梅的意思，也就顺坡下驴，大大方方地把衣服脱下还给了店员。

出了门阿芸感叹说："我们没日没夜地做衣服，到头来却买不起一件衣服，真是太搞笑了。"

庆梅说："你怎么买不起衣服，你刚买的不是衣服是牌子，质量是质量，牌子是牌子，你看刚才那件衣服，摸在手里，棉也不是，麻也不是，更不是丝，一块化纤布，走线跟我们村里修的公路一样，坑坑洼洼，哪一点值一千多块？我们是裁缝，买衣服就更应该精明一点儿，不要当冤大头。你总说你没衣服穿，难道你天天出门打的条胯？"姐妹们都哈哈大笑。

自那以后庆梅就没逛过商场，也对这种城市的高档消费场所没有兴趣。但这次为了给孩子老师一份见面礼，不得已来逛逛。逛了一圈儿，庆梅由衷感叹，怪不得他们都把老家叫小香港，消费确实高，随便一件大衣都是两三千，稍微看得上眼的羽绒服更是三四千。老家的女人是出了名的衣架子，又讲排面，就是穷得拿盐罐子当菜也要搞出一副有钱的样款来，穿衣戴帽从不肯搞输别人。

逛了几条街后，庆梅觉得件件衣服的质量与价格不是一个妈生的，花钱去买就跟年猪绑在板凳上——等着挨宰，心里便盘算出一个主意：干脆自己做一件羽绒服。她是老老实实学了三年的裁缝，能裁会缝，能绲边能襻扣，又帮师一年样样捡得起了才出师。虽然这些年在外面是流水线上的车工，只缝不裁，但把手艺捡起来做件衣服应该还是没有问题的。关键是自己做，货真价实。黄老师的个子身材看起来跟自己也差不多，尺寸都不用去量。

想定后她给小姐妹阿芸打了个电话，说出了自己的想法。阿芸现在自己在广州开了一家小制衣厂。她让阿芸给她寄一点儿最好的羽绒面料和白鹅绒，另外把最新款的样衣和图纸拍一张照片给她。阿芸爽气地答应了。

家里缝纫机和剪裁工具是现成的，当初娘家给置办的嫁妆。她从一旁的杂物间把缝纫机一点儿一点儿挪到自己的房里，打算不想让公婆也不想让孩子知道。婆婆过去是村里现在是镇上的大喇叭，她怕张扬出去。

好在公婆很少待在屋里，村里还有几亩田，需要日常照看。每天老两口吃完早饭就骑个摩托车往返村里跟镇上，有事做事，没事就上麻将馆。

庆梅每天把孩子送到学校，回来看见楼下客厅的摩托车不在就知道公婆出门了，便赶紧上来飞刀把剪。之前在厂里的流水线上做衣服，就跟被蒙住眼睛拉磨的驴似的，按照设定好的步骤和程序连轴转，她为了多计件，也蛮拼命，手速快得像装了马达，耳朵里全是“笃笃笃”的电机声，偶尔脖子酸抬起来一下，都会作呕。坐在工位上，她觉得自己跟这些电机一样，不过是老板的一台设备。但现在她坐在自己房里的窗边，踩着传统的缝纫机，把手里的布头一点儿一点儿喂进针嘴里，再转动一下轮轴，看着它们一点儿一点儿被自己驯服，变成图片里设计师设计出的样子，庆梅的心里很是欢喜，这是她十几年来第一次感觉到缝衣服的快乐。

压住羽绒一条一条绗缝，接完松紧袖口，安装好拉链，剪完多余的线头，一伸一抖，一件时髦流行的中长款羽绒服就完成了。庆梅脱下外套罩在自己身上，对着镜子前后照了照，肩宽、腰掐、袖长，哪哪都挑不出毛病。咖啡色，洋气又经脏，粉笔灰落在上面，拍一拍就好了。她把羽绒服仔细折好，放进一个黑色的塑料袋里，她觉得黄老师一定会喜欢的。

杏杏说黄老师就在学校后面的家属楼三栋一单元301室，庆梅记在了心里，早上送杏杏时借口要上厕所，在学校转了一圈儿，摸清了位置。

庆梅打算等天黑后来敲黄老师的门。盘算好后，她的心里就开始打鼓，既希望天早点儿黑又希望黑得晚一些，一整天身上就像爬满了跳蚤似的，行坐不安。她不擅长跟人讲推磨子的话，左一绕右一绕，既要明白又要婉转。婆婆这方面倒是比自己强一万倍，谁都能拉着手儿长长短短讲上一箩筐的话，把别人的话疙瘩都能揉平。庆梅闪过一念，让婆婆去送，随即就否定了，婆婆那张嘴不牢。她不希望女儿将来有什么出息，皆是因为背后使了花招儿。这是她一个人的秘密。

夜色总算吞没了大地。镇上的路灯也亮了，昏黄的光射进她的房里。杏杏坐在沙发上看电视，公婆不在家。庆梅交代杏杏："杏杏，妈出去有点儿事，一会儿就回来，你就在家看电视，不要出门，听见了吗？”

“好。”杏杏爽脆答应，继而爆出一声“哈哈”，蹲在沙发上笑得前俯后仰，一看就是扎电视里去了。

庆梅鼻子里叹出一口气，提着手里的塑料袋，匆匆下楼，将自己身上穿的黑色外套大帽子戴在头上，帽绳一拉，只露出眼睛和鼻子。她不想让人认出。

出发时倒有点儿雄心壮志，临到单元楼下突然怯场了，一步一步如登泰山，爬到 301 门口，庆梅双腿已经软如棉花糖。她听到里面有响动，举手敲响门后，双腿便开始颤抖起来。

开门的是个男的，应该是黄老师的爱人，鼻梁上架着一副眼镜，估计也是一位老师。

“您是？”

“哦，我，我是邓杏杏的妈妈，是黄老师的……”

“谁呀？”黄老师的声音从里面屋里传来，随后就走到了门口。

“黄老师您好，我是邓杏杏的妈妈。我……”

黄老师把她上下看了看，又看了看她手上的黑袋子，说：“我不是说过，有事在办公室说吗？用不着跑家里来。”不过黄老师还是让她进了门，说：“你进来吧。”黄老师的爱人弄清楚了来客的身份后，就出门了。

黄老师边说边在饮水机下面接水。听见里屋有打闹声，就大声叮嘱："你们赶紧把例题做完，等会儿我按照例题再出几道新题，谁先做完我就通知谁的家长来接。别玩了，快做。"

庆梅接过黄老师的水，说："麻烦老师了。黄老师，我们家杏杏回家总不爱写作业，在班上成绩也不好，您看，这些年我跟她爸爸一直在外面打工，也没在她身边，在她身边也没用，我们本身也没读多少书，比她更不如。你督促她写作业，她说一句不会写，我们一点儿办法也没有。"

黄老师说："邓杏杏啊，我了解，她脑子不笨，就是上课不专心，前十分钟还能听进去，后面半个小时就走神打野去了。"

里屋又闹出了一点儿动静。黄老师起身走向里屋，庆梅也跟了过去，门一推开，庆梅看见这一间房里摆了五张课桌，五个孩子都在写作业，有一两个在那儿切割橡皮擦，互相掷来掷去逗玩。

"毛小涛，你题目写完了？刚进步了一点儿就发胀了是吧？"

那个叫毛小涛的小男孩吐吐舌头，很快乖乖坐好，拿起了笔。其他四个孩子就哄笑一番。有个孩子说："黄老师你说对了，他确实发胀了，他全家都发胀了，前天他爷爷还提了一袋子鲜果冻在教室里漫天撒呢，看样子是打算永久地发胀下去啊。"

“哈哈。呵呵。嘿嘿。”

黄老师边笑边催促：“快点儿写快点儿写，认真一点儿。”庆梅也被这些小毛头孩子逗乐了。

庆梅说：“黄老师，我也想让邓杏杏来这里写作业，您看可以吗？”

黄老师带着庆梅落座在沙发上，指着茶几上一次性水杯说：“杏杏妈，你喝水。你看我这里只有这么大一点儿空间，接纳不了太多的孩子，而且这个也是学校不允许的，只是家长有这方面的需求，而且这些年学校教学质量确实有了提升，所以才睁一只眼闭一只眼。”

庆梅说：“黄老师，您刚也说过我们杏杏聪明，她不笨，如果能在您这儿写作业，您辅导督促她，我想她也会跟毛小涛一样，进步快，考班级前十名的。”庆梅说得很急促，她怕黄老师再委婉地拒绝她，她赶紧拿过那个黑色塑料袋，把结打开，把那件她一针一线亲手缝制的羽绒服拿了出来给黄老师。刚要张口，黄老师对她摇了摇头，指了指里屋。庆梅猜测老师的意思是怕孩子们知道了，出去乱说。

庆梅赶紧用手挡住，背后一阵热汗。她低低地说：“黄老师，我是一个裁缝，这是我亲手裁亲手剪亲手缝的，是我的一点点心意。虽然用的都是好材料，但成本并不高。”庆梅感觉到黄老师抵触的手劲儿没有那么大了，轻声地说：“您试试吧。”

黄老师定定地朝庆梅看了一眼，似不忍拒绝，便松懈下来，她拿着那件羽绒服走进另外一间房里，不一会儿出来，低低地说："很合适，不愧是老裁缝，好手艺。"

庆梅笑了笑。被人夸手艺好，她很是高兴。

黄老师说："杏杏妈，你真想好了要杏杏在我这儿写作业？你要知道，我这儿不可能是免费的，一个月得要一千二百元钱。"

不是免费的，庆梅想到了，但没想到一个月就要一千二百块。她预想的是一个学期可能会要一千块，这离她的心理预期太大了。他们家还有那么多的债务，现在她又没出去做事，冠军一个人能挣多少钱呢？进钱的眼花钱的洞。她踟蹰盘桓。

黄老师说："您先回去想想，跟家里人商量商量，毕竟这个数目对于一个普通农民工家庭是一个负担。"黄老师说着进到里屋，看样子是要把那件羽绒服拿出来还给她。

"不用！"庆梅直了直身子，很是坚定地说，"一千二就一千二。"她是突然坚定想法的。若能换孩子一个好前程，值！培养孩子跟商场买东西不一样，不能讲究划算不划算，这不是买卖，不是生意。他们挣钱攒钱不就是为了孩子吗？她盘算这么久，劳心劳力为的就是让女儿能在老师家里做作业，在老师这里吃个小灶，好容易老师答应了，她怎么能掉链子呢。

庆梅说："那明天就能让杏杏来这里写作业吗？"

黄老师看上去有些为难，但面对目光如炬，急迫想为女儿脚下铺金光大道的母亲，她把顾虑也按住了，思忖了一下，说："行吧，这个月只有一个星期了就算了，钱从下个月开始算。"

"好的好的。"庆梅满怀感激，但同时也感到肩上负担更沉重了。

在回家的路上，她给冠军发了一条微信，将每月一千二百块钱的事说了。冠军回复说："支持老婆！"

这四个字令庆梅肠热心暖。丈夫的言语轻了她身上大部分的负担，没有责怪她的先斩后奏，没有责怪她的头脑发热，而是同意她的做法支持她的决定。

夫妻同心，其利断金。她读的书不多，但此刻她的心里忽然冒出这句话来。夫妻一条心会合成一股强大的力量，这力量能度一切苦一切难。

远远望见自家屋里的灯，黄黄的灯光从高门的窗框里透了出来，庆梅觉得很是温馨，若是田地里能挣来钱，他们哪里舍得背井离乡去抛洒汗水啊。

听响动公婆回了家。婆婆在跟孙女说话，说："你妈把你一个人放屋里，自己跑出去了？她出门也不跟我们交代一声，把个伢儿一个人丢屋里，你这妈的心真大。你看爷爷奶奶什么时候把你一个人丢屋里过。”

“有过啊，去年就有过两次。”杏杏说，“那次爷爷回村里给稻田放水去了，你陪着我睡，我睡到半夜起来一看床上没人，幸亏你回来了，你自己说传香妈喊你打牌去了，三缺一，缺得急。”

婆婆被杏杏辩得笑了笑，说：“你个赖妮子，记性还蛮好呢，老子们从你五个月就带起，半夜起来冲奶端屎端尿忘记了，半夜出去打会子牌记得牢牢的，我那是传香妈喊我去挑个土，我就去了半个小时，就回来了，是挂念屋里有个伢儿，打也打得不安心。”

“去半个小时啊？”杏杏对于奶奶的回答很是不满，说，“不止吧，起码两个小时以上。”

爷爷说：“我相信我孙姑娘的话。”

婆婆说：“抽你的烟，抽完了挺尸去。”

婆婆说：“杏杏，我问你，你是喜欢爷爷奶奶带你，还是你妈带你。”

“都喜欢。”杏杏爽朗回答。

婆婆似乎不满意这回答，说：“你个白眼狼，你妈带了你几天，老子们从几个月就盘起，还都喜欢。真的是养的不如生的亲。”

“哎呀，奶奶。”杏杏也听出了奶奶话里的倒刺，知道奶奶不高兴，又说，“喜欢是都喜欢嘛，但我心里最喜欢的还是爷爷奶奶！”

“你看你妈那张脸，像水泥抹的。”

杏杏没有再作声了。也许这样的背后数落杏杏听厌了，也许是杏杏不知道该怎么回答，毕竟她刚满十岁。但她能说出都喜欢，庆梅就已经很知足了。

她推门进去，看到了婆婆的尴尬。婆婆担心她听到了什么，一脸狐疑。但她想着冠军的好不想跟婆婆起什么冲突，便装着什么都没有听见似的，并没有任何发作也没有什么举动。

婆婆试探着质问：“大晚上的，把个伢儿丢屋里，跑哪里去了？”

“去杏杏的班主任家里坐了一下。”庆梅如实回答。

“再把杏杏一个人丢家里，我是不依的。”

“不会的。”庆梅说完就招呼杏杏，“快上楼去洗了睡觉，从明天开始，你也要在黄老师家里写作业了。”

“啊。”女儿张大嘴巴，把手指也塞进嘴里，极不情愿但又满是兴奋地喊叫，“我的亲娘呢，苍天啊大地啊，放过我吧。”

女儿的样子弄得庆梅哭笑不得。但她还是能从女儿夸张的举动里看出女儿内心的欢喜，她是想到黄老师家里写作业的。读书的孩子谁不希望自己成绩好呢，成绩好就是学生的最大荣耀，小孩儿也讲面子的，高分名次，就是他们人前人后的光环。

在黄老师家写了一个月作业，杏杏的学习成绩和状态很是有一些长进。别的庆梅不知道，但有两点，庆梅是明显感觉到了变化：一是女儿在家对电视不像以前那么痴迷了，现在虽说也看电视，但有了节制，知道要把更多的时间留给书本；再一个是杏杏的字明显比之前要写得工整，涂涂改改的地方少了，老师的红对钩多了。

庆梅很是欣慰，打电话说给丈夫听，丈夫也高兴，一个劲儿地呵呵笑，说："只要伢儿有出息，我一天到晚泡在油漆桶里都乐意。"

在老家待了近两个月，庆梅发现其实一天里跟女儿在一起的时间并不多，大部分还是自己搞自己的。庆梅不爱打麻将，也不爱交际，做事做惯了的人，闲日子过得人浑身难受。加上每个月多出的学习开支，庆梅更是觉得这闲饭吃得满身皆是罪过。

小镇上又找不到事情做，有两家大一点儿的超市，她去问过要不要人，老板朝着她一脸苦笑，说："你要是觉得闲，可以过来做义工，自己带饭带水。现在这街上放炮都不担心打死人了，守店还不如守寡呢。"

看庆梅像是不解，老板又说："守寡还有些过路的野男人时不时撩一下，守店硬是鬼都守不到一个。"

老板呵呵笑，庆梅也跟着呵呵笑。

她也想过做点儿什么生意，镇上横竖两条街，拢共一尿长，除了挨着学校的两家文具礼品店有点儿生意，其他都冷冷清清的。三四家馆子，门前一群麻雀大方地觅食，两三家洗头理发的店子，老板娘每天困在转椅上玩手机。许多在外打工想回老家的，起先都雄心勃勃地在镇上开店，想把现代的城市生活风吹到小镇上，让小镇人民开眼的同时赚得盆满钵满，什么西式烘焙店、母婴用品店、一米阳光鲜花店、杧果很忙奶茶店、刘大叔的炸鸡店、御膳房烤鸭店，各种名堂，正月里开张，敲锣打鼓，新开的茅厕香过三天后，便开始呈现苟延残喘之态，大多活不到过年就关张了，还欠一屁股债。

他们很理性，虽然自家房子兼有门面功能，但从没想过回来做生意，不用想就知道是什么下场，何必瞎折腾呢。

庆梅逛了几天后，倒琢磨出一个主意，不如把缝纫机搬下来，做个缝纫修补的活儿。这个不用什么本钱，也没有盈亏的负担，反正闲着也是闲着，即便赚不了什么钱，但也打发了时光。这样想，庆梅倒觉得是个营生。

隔壁有个新媳妇，叫张娇，去年过门的，没几个月就生了伢儿，现在也是在家带伢儿。镇上年轻人不多，日常庆梅跟张娇往来勤便，时常帮着她照看伢儿。庆梅回家后把这个主张说给张娇听，张娇觉得很赞，帮着她上楼把缝纫机搬了下来，搁在大门口，张娇将自家闲置的长条凳和旧门板贡献出来，搭在墙边，算是操作台。剪了块硬纸板，两人合计着笔画，写了“打扁、拉链、修补”的字样，歪歪扭扭，挂在门口，一个小生意就这么静悄悄地开业了。

公婆回来一看，眉眼一喜，觉得这想法不错，不顶什么本钱的营生，有一个就赚一个。女儿杏杏写完作业回家看了直喊“哇噻”，说：“妈妈你真棒。”

“棒个什么，从白天坐到天黑，没一个生意。”庆梅笑着说。

杏杏转了转眼珠子说：“你这么一弄，我就感觉你是真的留下来陪我了，不再出去打工了呀。”

庆梅笑了笑，原来女儿是这么想的。她本不过是做个事打发时间，是试试看的态度，但女儿却觉得这是能长久地留住妈妈的方式。起先她是轻松的，但女儿的希望却让她有了些压力。

婆婆热心快肠，每天都在小镇上发挥她“大喇叭”的功能，四处奔走相告：“杏杏她妈开店啦。”

渐渐地开始有人拿衣服上门来，安个拉链、吊个匾，改大改小，改长改短，五块至五十块不等。很多人嫌贵，总说哪儿才五块钱才十块钱。庆梅说：“我这里的拉链都是好的，经用，便宜的也有，但安上去用不了两天就要坏的。”

庆梅一遍一遍解释，但客人根本不听，虽然最后做也做了，但给钱的时候很勉强，客人面上心里都觉得吃了亏。背后跟庆梅婆婆过嘴，说：“大姐，您家儿媳妇做生意，脸上无一点儿喜色，价格也不变通，说十块就是十块，说二十就二十，跟钉棺材板似的。”

庆梅婆婆也觉得人家说得对，没有半句冤枉，与素日自己对儿媳的看法一个样。婆婆惯会做人，少不得跟人赔小意。回到家觉得自己在外面丢了人，又要数落庆梅，说：“都是乡里乡亲的，生意要做得活泛一些，平时对我们过硬，我们不说什么，你对别人过硬，别人就不会来缠你。”

庆梅没想到这给人行方便、自己赚个油盐钱的营生，支撑起来竟有这么多的絮头。她是个不善言辞的人，但为了能多做活儿，她还是改变了很多。她对人笑了，还给人端茶倒水，也解释了她的收费是合理的，质量好技术好。“有些改动，比方衣服改成背心，不是把两只袖子剪掉就完事了，得先拆，然后里子跟面子得分开缝，还得压肩，胳肢窝那里还得收口，看起来很敞亮的事，做起来很费功夫，又没有机器可以代替，可能我半天就只做了您一单活儿，半天工夫收您二十，并不贵。”这种话她每天都要跟车轮似的滚上好几遍，说得口干舌燥。一遍一遍地解释是很影响情绪的。毕竟这也是一门生意，还是要讲一个赚头，她又不是菩萨，坐在这里专门救苦救难。加上婆婆每次开口，必要带上自己内心的“私货”，假别人之言语，来传达对她的不满。

庆梅反问道："我怎么对你们过硬了？你说我做生意死板就死板，不要一口砂糖一口屎，你到底是在挑剔我对客人的态度还是我对你的态度？"

婆婆的嘴巴一向搁在庆梅身上搁习惯了，猛地这么一"怼"，耳朵上还没反应过来，但心里却在酝酿雷霆。连着问儿媳妇："你是什么意思？我在家里连说句话的资格都没有了？我一天到晚四处宣传，生怕别人不知道你在做生意，你一天到晚赚的钱落的是你的荷包，我又没看见半分，我忙前忙后是为了谁？不是想让你多赚几个？你不知道好歹，心毒，你没有好报的。"

"我没有好报，您有好报。"庆梅一面烧熨斗，一面回嘴。

隔壁张娇抱着七八个月大的婴儿左右相劝。既劝婆婆少说两句，也劝庆梅不要理睬。庆梅听劝便不再理会婆婆，只与张娇说起别的话题，嘻嘻哈哈的。

张娇看庆梅婆婆脸色如煤，便忍着笑戳庆梅看，然后两人默笑。

庆梅婆婆愈加气恼，对着张娇说："你们这些做媳妇的，一个个恨不得把婆婆生吃了才好。"

两人依然笑。

庆梅婆婆也跟着冷冷嗤笑，说："还是你们清白些，这辈子尝不了当婆婆的味儿，绝代户，将来日子过得真干净。"

“你是有趣了是吧？我半天没理你，你来劲了。”庆梅着实气着了，婆婆的话说得太过狠毒，刺她也就完了，连隔壁生女儿的张娇也连带着受牵连。她不为自己也要为张娇出出气。她将熨斗一丢，走到婆婆面前，问：“你什么意思？什么叫绝代户？杏杏不是你的后代？她是我从娘家带来的？这么多年，我心里一直憋了一口恶气，想当年我跟冠军谈恋爱，我他妈的是不要脸，半夜里跑去你儿子房里，跟你儿子睡了觉，第二天你就张扬得亲戚邻居都知道，说我下贱坯子。我再下贱，也只睡了冠军没睡亚军季军，你一个做婆婆做长辈的，别人姑娘跟你儿子过了个夜，这又值得你去打闹台，到处广播吗？你没跟人睡过？”

天啦！庆梅婆婆听到这档子话如遭惊雷，一下僵在地上动弹不得。婆婆又气愤又恐惧，全身都在颤抖。庆梅的背遮住了光亮，脸上全是阴影。婆婆从儿媳刀尖一样的眼睛、硬朗无肉的嘴唇和突起的颧骨中感到某种真实一直被遮盖的可怕。这个“闷葫芦”，这个“三棒子夯不出一个屁来”的女人，藏着一股狠劲儿。

“冠军啊冠军啊，我的儿啊，这就是你讨的好媳妇。”庆梅婆婆呼天抢地，“冠军啊，你的好媳妇骑到你娘的脖子上来了，我说她半句都说不得，她如今还讲一堆无中生有的话来害我。她是条毒蛇变的，只怪我的儿有眼无珠，识破不得。”

“我无中生有害你，呵呵，你不认账没关系，讲没讲，自己心里有尊菩萨，那是瞒不过的。”庆梅在一旁说道。

有人来取衣服，争吵也就止住了。

晚上冠军给庆梅打电话，说妈在他面前告了她一本，问是怎么回事。庆梅便一五一十相告。冠军半天没作声，听得出他在一口接一口地抽烟。庆梅说：“是你妈说话太难听，说什么绝代户，连带人家隔壁的张娇也躺枪，太过分了。”

冠军说：“妈的嘴巴是蛮讨嫌，你说怎么办呢？活了大半辈子了，也没见过多大的世面，井底之蛙的一点儿见识，说了她无数回，又改不了。我帮亲，你受委屈；我帮理，妈又闹腾。道理虽然在你这边，但你还是要多担待。”

庆梅冷冷笑了笑。床前梳妆台的镜子一直照着庆梅。她看见自己的脸色苍白如石膏，笑起来像个鬼似的，这又老又憔悴的一张脸，使她没有跟丈夫继续说下去的兴致了。她说：“你安心做事吧，现在每个月又多出一千二百元的开支，我这里支个生意，钱赚不到几个，倒费了好多口舌，估计也不是长远之事。我知道你的意思，我明天找个机会跟你妈说个话，低个头，让她搞赢我，事事踩在我头上，她心里就舒服了。”

冠军说：“还是我老婆最通情达理，金标准贤妻良母。”

“别给我戴高帽子。”庆梅装作不耐烦挂断了电话，靠在床头，心满意足地笑了笑。这时门被推开了，是杏杏。她靠在门框边，估计刚洗漱完，头上戴着兔耳朵发箍。庆梅问：“杏杏，你怎么了？”

杏杏对着庆梅看了半天，一脸不悦不满的表情，一张嘴，眼泪也滚落下来。她说：“妈，你能不能不要再跟奶奶吵架了，我不想奶奶被欺负，也不想看她伤心的样子。”说完，杏杏竟嘤嘤地哭了起来。

“杏杏。”庆梅忙找鞋子下床。但杏杏却转身进了自己的房间，还把门给反锁了。

站在女儿的房门外，庆梅的心里再次升腾起强烈的恨意。这定是那死老婆子在女儿面前使的伎俩。这死老婆子知道她的七寸，知道她身上的痛肉，知道什么样的招数最能降伏她。

女儿太小，还辨不清这里面的曲折，她由奶奶带大，情感自然倾向奶奶。年纪虽小，但也知道了为奶奶抱不平。庆梅在意女儿的情绪，纵有万般不甘，为了家宅安宁，也只能忍下。

这么个说不上嘴的生意也逃不开“三天香”的规律，从早坐到晚，有时能有三四个活儿，有时一天放空，她终于体会到了超市老板守店不如守寡的感受。杏杏爷爷晚上一手提鱼篓一手扛罾子，看到会打趣她，说：“捕鱼还是比捕人容易些。”

生意像个镣铐，锁着手脚，哪里都去不得。每天的休闲活动就是跟张娇说话打闹，逗引人家的伢儿。张娇小她十来岁，是邻镇的，读了个职高，在高中就跟隔壁小伙子谈恋爱了，毕业后两人一直在广州打工，小伙子烧电焊，她帮人卖衣服。她也是未婚先孕，肚子大了，才回来办酒结婚。

庆梅看着张娇就像看到了当年的自己，啥都还没弄出个头绪来，就着急生了孩子。凭空添一条人命，张嘴要吃饭，才知道生活的压力。张娇每天手上抱着伢儿，心里头空荡荡的。

男方为了结婚，彩礼、买房、装修、办酒、生产，一连几项开销，欠下几十万的债务，经济不力，逼得公爹六十岁了还得出去谋营生，在工地上给人提灰桶做小工，家里留着婆婆与她带伢儿过活。

张娇不光想着还账，更想着将来的日子。眼前黑洞洞的，不知道何处有亮光。原看着庆梅开个改衣摊，想看着能不能做起来，若做得起来，她就好开个服装店，也算是自己的老本行。顾客这里买了服装，肥了、瘦了、开了、裂了，哪里不合意，可以在庆梅这里改过，两人搭伙取暖，既能糊口又能顾家。现在庆梅这里冷火秋烟，她也没了底气，毕竟她的本儿要比庆梅投得多。破屋檐经不起风吹草动。

她愁眉苦脸，庆梅也跟着她愁眉苦脸。庆梅很能理解张娇的那种恐慌。她跟冠军也是这么走过来的，一条黑道，但她磕磕绊绊上路已经走了一半，人家小媳妇才刚起步。她帮助不了人家什么，也宽慰不了什么，只能你看看我，我看看你，好笑也好哭。

某个清晨，她听到隔壁孩子一阵阵的哭声，挖心挖肝般啼哭，大不同往日，慌忙地披衣起身下楼。到隔壁一看，孩子奶奶抱着孩子在客厅里转圈圈，走出去又走进来，怎么哄也哄不好。奶奶被哭喊的小孩儿弄得一头黑汗，六神无主。

庆梅问："她妈妈呢？"

孩子奶奶嘴巴一翘，说："出门了。"

小孩儿的哭声并没有弱下去，嘴里含混地喊着"妈、妈"，孩子奶奶说："妈妈妈妈，没有妈妈了，妈妈出去了，要过年才能回。"

孩子听不懂这些，只一个劲儿哭喊着妈妈，手也指着外面，身子也向外面挣。

左邻右舍的人也都被孩子的哭声惊动，过来看看，逗弄孩子，给孩子递这个玩具那个玩具，给糖的给饼干的，孩子都不要，全给扔在了地上。

有人问孩子断奶没有，孩子奶奶说："断了，断了才出的门。"也有人问孩子多大了。孩子奶奶说："下个月初四就十个月了。"旁人说："十个月好带了，我们对门的那家，伢儿生下来三个多月就出门了。"还有人说："还三个多月？

刚满月就出门的都有。”

庆梅婆婆也过来了，她也逗孩子，说：“宝宝别哭了，妈妈不要你了。让你妈妈被野猫叼走，以后就跟奶奶过，我们不要妈妈。你看我们镇上这么多孩子没有爸爸妈妈在身边，还不是过得蛮好。”

庆梅在人群里瞪了婆婆一眼。

短暂地停歇了一阵后，孩子的哭声越发响亮了，她似乎从这些人的嘴里感知到妈妈去了遥远的地方，一时片刻回不来了。她的身子不停地向外面挣扎着，小手往马路上抓。她的脸哭得像烧红的炭。

庆梅想起她当初第一次离开女儿时，女儿尚在梦中，但她推断女儿醒来后一定也这样声嘶力竭地哭过，一定也这样孤立无援地找过妈妈。村里的人也一定这样逗弄过，“不要妈妈”，“跟爷爷奶奶过是一样的”。婆婆的这几句话像刀尖划过她的心脏，而孩子的哭声像是龙卷风，搅得她的内心波翻浪滚，爱与恨一齐在她体内澎湃，但又不能发作。她想为孩子做些什么，便拾起桌上的奶瓶用开水烫过后，调好水温，给孩子调了半杯奶，正拿在手上搓着，冷不丁孩子奶奶突然情绪失控，扬起巴掌打起孩子的屁股来。

庆梅实在看不过眼了，一把夺过孩子抱在怀里，解开孩子的衣服，用手伸进后背，摸了一手汗。孩子贴身的衣服哭得汗透了，赶忙找了条干毛巾给孩子隔住，又拿奶往孩子嘴里送。庆梅一面喂奶，一面轻轻抖动双腿，说：“小宝乖，小宝听话，妈妈出去给小宝挣钱去了。妈妈有了钱，就给小宝买花衣服、花鞋子，买好吃的好玩的，世上只有妈妈好啊，小宝的妈妈永远都爱着小宝。”庆梅哄着孩子，声音差一点儿破裂，露出哭腔，但她强忍住了。她对着孩子的脸始终挂着淡淡的笑容。孩子许是哭累了，许是身子干爽了，许是吃饱了，对着庆梅咿咿哦哦了几声后便沉沉入睡。

这条街总算是清静了。她把孩子交给她奶奶，孩子奶奶一脸疲惫地向庆梅道谢，也向周围人抱怨，说：“这伢儿才真是犟气。”

庆梅婆婆说：“现在的年轻人都享福哦，结个婚，伢儿一生就可以不管，我们那个时候又带伢儿又搞事。”

庆梅狠狠地剜了婆婆一眼，这是有多么混账的人才能有胆讲出这么不清白的话。婆婆似乎看到了来自背后儿媳的眼色，也还了庆梅一个白眼。

左右邻居看着她们这对婆媳，也都只微微一笑，不出片言只语。老家人的人情世故向来如此，都觉得自己精明，从不会有什么立场，为谁来说句公道话，左右不得罪人最要紧。庆梅也淡淡地笑了笑，默默过来守自己的摊。坐定后，发觉自己嘴里咸咸的，往地上吐了一口涎水，有血。

自从看过隔壁孩子离娘惨哭后，她每次再看到杏杏，就会有种沉重的负罪感。在孩子最弱小无助和最需要母亲怀抱的时刻，她离开了，这亏欠是一生一世的，是无论怎么补偿也补偿不了的，这是造孽，是犯罪一般的亏欠。这种亏欠使她有些畏惧孩子。

庆梅与婆婆之间的疙瘩虽然结得深，但婆婆每天还是很积极地帮庆梅拉生意，遇到庆梅不在或是很忙的时候，有顾客上门，婆婆都热情相待，尽力地帮她留住客人。这一点儿好，庆梅还是蛮感念婆婆的情，有时也想着抽个一百两百的给婆婆让她去打麻将，但一想着家里的欠账和开支，还有杏杏以后每个月都要固定交付的一千二百块，又觉得表这份孝心很吃力，只能每次烧火做饭、洗衣洗被勤快点儿。超市里十多块的棉拖鞋、袜子，庆梅给公婆买过，想着他们骑摩托车冷，车披和护膝也是她买的。婆婆当时也笑脸接过谢了，东西也一直在用，但似乎还是不怎么顺意，逢人还是说儿媳抠门，抠得要死。还说："你帮她做死也讨不到她半分热心。"

日子就这么不咸不淡地过着，庆梅每天守着要死不活的生意，空闲时就帮隔壁奶奶照看孩子。冷天过去，热天到来，脱去厚厚的冬衣，孩子也如解开束缚，很快就会站了，搭着椅子拖着转了几圈儿，很快就会走了。庆梅有时举着手机给孩子拍照，录一些小视频，存着等孩子妈妈回来好给她看。她一边录就一边感慨，杏杏小的时候手机还不能照相录像，也没有什么网络，她错过了杏杏成长道路上许多有纪念意义的时刻。她永远也不知道杏杏学爬、站立、学走、学说话、拿筷子的样子。

杏杏学习上的进步很明显，期中考试，她已经上升到了班上前二十名了。而且每天在黄老师家写作业的时间也缩短了，可见作业已经难不倒她了。杏杏每次看见妈妈逗弄隔壁孩子，她也跟着一起逗，有时候也像只蚂蟥似的，巴在妈妈身上扭来扭去。这个时候庆梅的身体里就会热流涌动，一动也不敢动，生怕“蚂蟥”巴得不舒服，跑了。

期末考试，杏杏竟然考到了班上第八名，进入前十了。成绩单拿回家，一家人都高兴。杏杏爷爷说：“看样子我们泥巴田里也要钻出蟒蛇来了。”打电话给冠军，冠军也是喜得直打哈哈，说：“考了好成绩，暑假来广州玩一段时间，让爸爸看看考班级第八名的姑娘跟以前有什么不一样。”

杏杏说：“耶！我要坐火车了，我要去广州了。”

沾闺女的光，两口子在广州打工十多年了，第一次看五羊雕像，第一次看黄埔军校，也是第一次爬白云山。在汕头打工的姑姑也赶了过来，陪着杏杏一起参观了广州美术馆和刚刚建成的“小蛮腰”。

几天的游玩，吃喝玩乐，花费了不少钱。晚上因为孩子姑姑过来了，就开了两个房间，孩子跟姑姑亲，要跟姑姑睡一个房间。夫妻俩也总算有了一个二人世界。庆梅看冠军发福不少，泡头肿脸，皮带也快勒不住肚子了。

老了，都老了。庆梅看着冠军也看着镜子里的自己，内心感叹。

冠军说：“今年行情不好，活儿少不说，很多活儿干完了，结不到现钱，都是一些欠账。真是王小二过年——一年不如一年。”

经济是基础。当家的说在外面捞不到钱，庆梅心里就鼓起大包来。家里一摊子开销，没钱是支不开的。庆梅又急又愁，说：“没钱就不要装大款，我们这一趟来，吃的喝的，两三千肯定是有的，这是没必要开支的冤枉钱。”

冠军说：“让杏杏来玩一趟，开开她的眼界，也是给她打打气，让她继续保持好成绩。再说，你在家跟我爸妈他们一起，估计也憋了不少委屈，出来散淡散淡，换个心情。”

庆梅说：“多谢你，确实换了心情，像背了座泰山，又沉又重。”

夜里，庆梅总睡不安枕，动来动去。冠军说：“你身上长跳蚤了吧？”庆梅说：“我心里硬是装不得一点儿事。你在外面挣不到钱，你说我夜里还能睡得着觉吗？那我的心得多大。”说着又爬起来，说：“不行，我得打几个电话。”

她拿起手机，翻开通信录，却不知道该打给谁。突然想起阿芸。她拨通了阿芸的电话，告诉她自己带女儿来广州了。电话里阿芸很热情，说明天要请她一家子吃饭。庆梅连忙感谢，又问她现在是什么情况。阿芸说她现在的厂子规模又加大了一些，在十三行还盘了两个档口，熟人介绍又接了几个大的订单，工人们日夜加班。

庆梅乐和了一番，以示为朋友感到高兴，又试着问：“厂里缺不缺人？大概多少酬劳？”

阿芸爽朗回道：“缺哦，缺得很，你是不是要来咯？如果像你这样的优秀老师傅来，底薪加计件，冲着目前这行情，每个月保底一万是肯定的。”

“一万？”庆梅有点儿吃惊。连冠军也坐了起来，静静倾听。

阿芸说：“姐妹，我不会骗你，我们是一起打工过来的感情。我也是今年走的狗屎运，单子多，我们厂里现在一个月拿一万甚至一万多工资的工人有好几个。像你又舍得加班，手脚又快，挣一万多不是很正常吗？”

庆梅说：“我明天就能过来上班吗？”

阿芸说：“当然可以，只要你带了身份证。你什么时候来上班，工资就从那一天算嘛。”顿了一下又说：“你这么着急上班干啥？杳杳才来广州，你陪她多玩几天。我现在在江西共青城这边看版，明天就飞过来，请你们一家子吃饭。”

庆梅说：“不了不了，你直接告诉我你厂里的地址，我明天就去上班。唉，冠军今年行情不好，没挣到什么钱，家里开销又大，一年过去一半了，再不抓点儿钱在手上，年关难过啊。”

阿芸嗯了一声，表示理解，说："这样，我明天过你这边来，我们先一起吃个饭，然后你坐我的车，我把你和你的行李一起拖到厂里去。我厂子有点儿偏，怕你不好找。再说你这也是临时起意，也要跟杏杏好好解释一下。"

庆梅说："好，听你的。当了老板就是不一样，还是你比我想得周到。那我们明天见。"

阿芸说："明天见，你等会儿把你的暂住地址发个短信给我。拜拜。"

挂了电话，庆梅朝冠军看，冠军也朝庆梅看。最终两人都没开腔说个什么，各自闷头睡了。

次日他们没有出去游玩，就在房间里看电视。阿芸十一点钟就到了，在附近选了个餐馆。

阿芸给杏杏带了一套公主裙和一个芭比娃娃。杏杏高兴得不得了，当场就套上了，还挺合身。所有的人都夸她好靓，她越发得意扬扬。阿芸用眼睛给庆梅示意了一下，两人离座去了卫生间。阿芸问她跟杏杏说了没有，庆梅摇摇头，神情涣散，说没有，打算吃饭的时候说，一直也不知道怎么开口。她低下头细细抠指甲缝里隐藏的污垢，说："我其实很害怕跟她说这些。"

饭间，庆梅喊了几次杏杏，杏杏抬起头看她，说："妈，我手扶了碗，筷子没有翻来翻去，下巴上没有沾饭粒，袖子也没有擦到汤汁，请问你还有什么指示？”

庆梅无奈笑笑，说：“没有，你多吃几个蛋挞，你从来都没吃过。”

一顿饭快吃完了，庆梅努力了几次，还是没有勇气向女儿开口。冠军这半天也像只呆鹅，对杏杏躲躲闪闪的，匆匆扒完饭，就去餐馆外面的板凳上坐着抽烟去了。庆梅看到冠军用手抹了几下眼睛和脸，还擤了一次鼻子。庆梅在里面看得也挺心酸的。

阿芸呵呵一笑，说：“杏杏同学，芸阿姨跟你借一个东西好不好？”

杏杏说：“好啊好啊，只要我有，阿姨尽管开口。”

阿芸说：“杏杏，我想借你的妈妈。阿姨开了个厂，今年订单很多，特别缺人手，特别需要有个像你妈妈这样能干的裁缝师傅来帮助我。”

杏杏朝阿芸看了看，又朝庆梅看了看，然后侧头撕下公主裙的腰链，将裙子脱下并着那个芭比娃娃一起摔给阿芸，突然豆大的眼泪从杏杏眼里滚了下来，她说：“你的东西我不要了，妈妈我也不会借给你，我再也不要跟妈妈分开。”她也许知道这拒绝是没有任何分量的，撼动不了大人决定的事，说完便哭了起来。

“杏杏！杏杏！”庆梅坐到女儿旁边想抱一抱女儿，但却被强力推开了。

杏杏说："我就知道你是个骗子，我就知道你在家里待不长，你知道我为什么想去黄老师家里写作业吗？为什么我想把成绩提上去，把分数提高，把名次提高吗？因为我想留住你。"

"杏杏！妈妈对不起你。"庆梅眼圈儿也一下红了，"妈妈知道你是好孩子，但是我们要打工挣钱，我们还该着亲戚朋友的账，还有你将来上初中、高中，上大学，都需要很多钱，没钱就办不成事。"

"我知道去黄老师家写作业每个月都要交钱的，从今往后这个钱可以不用交，我可以在家写作业，也能保证成绩不掉下来。"

庆梅心里忽然一阵锯条拉过似的疼痛。她无法面对突然懂事通透和聪明伶俐的女儿，讲什么道理都是苍白无力的。她怕自己没有力量拒绝女儿，便拉着阿芸快步跑出了餐馆。

"妈妈！"杏杏在后面追着哭喊着。孩子可能是被姑姑拉住了，并没有追出大门。

庆梅上了阿芸的车。她透过车子后窗看见门口的杏杏在姑姑的怀里又哭又跳，地上散落着阿芸送她的衣服和礼物。冠军蹲在地上，头低得恨不得钻进裤裆里。庆梅在车上眼泪也如开闸一样，为了掩饰，慌忙用手捧着脸。

阿芸说："我二十岁遇上个台湾老板，我为台湾老板流产过三个孩子，为了补偿我，他帮我开了厂。后来又遇上个浙江老板，我的厂扩大了规模。我不介意这些老板身边有多少个好妹妹，我只要他们肯把资源分我一点儿就OK。我今年三十二岁，已经打过五个孩子了，现在我想生孩子，也养得起孩子了，却死都怀不上。不过，如今这世道，挣钱是王道，你姑娘现在是不理解你，等她将来需要用钱的时候，你在她面前砸一坨，她照样认你是亲娘，如果你没钱，亲娘也是干娘。你看我现在没儿子，好多小奶狗都赶着叫我妈妈，呵呵……”

庆梅知道阿芸讲这些是在宽慰她，也是在化解她的低落情绪，可她实在笑不起来。她把头扭向窗外，看着街道两边来来往往的人群，想着自己在鄂西北边陲的小乡村生活了十多年，在广州也生活了十多年，但这里永远不可能成为她的家乡……

杏杏被她姑姑送回老家半个月了，庆梅每次打电话回去，杏杏都不肯跟她说一句话。庆梅对此心里整天也是一团乱草。好在阿芸倒是靠谱，钱结得很过硬，每个月确实能挣一万多，行情好，挣一万大几也有。这些钱大大地缓解了冠军工期淡季时的经济压力，还还了几笔亲友催得很急的欠账。

暑假后开学，杏杏还是在黄老师家写作业，一直写到小学毕业。进初中时，又刚好在黄老师爱人的班上，便继续在黄老师家里吃小灶。中学写作业的价格涨了许多，每个月一千八，但庆梅丝毫没有犹豫，不仅爽快地打了钱，还给每科老师都慷慨寄赠了一双牛皮鞋。

杏杏在中学时成绩排名都是全年级一二名，经常代表学校去县里、市里、省里甚至是国家参赛，为学校拿过不少荣誉，她的照片经常张贴在学校“闪耀的星星”专栏里。

中考邓杏杏考入了地级市重点中学，但县一中为了留住优质生源开出了优惠条件：学费全免，两个重点班随便挑。

爷爷奶奶不想杏杏去市里，觉得太远。庆梅看出杏杏是想去市里的。庆梅说：“杏杏，你就去市里上中学，妈妈支持你。”听见庆梅这么说，杏杏一边嘴角向上扬了扬，说：“我听爷爷奶奶的。”

那一刻庆梅打了个寒战，这么多年了，女儿并没有原谅自己。眼前的女儿已经长大成人，个子超过了自己，眼睛也架上了一副黑框眼镜，话不多，文文静静的。他们假期回家，杏杏一般就待在楼上看书刷题。家里来了客人，她也不下来打个照面，一日三餐都是爷爷奶奶送上去。

庆梅回娘家，想带着她一起去，她也不去，庆梅强拉她，她便胳膊重重一甩，一副极度厌烦的表情。外公外婆来了，倒要老人爬楼来看她。

公婆跟亲家解释说：“伢儿现在学习抓得蛮紧，学校蛮重视，她压力也蛮大。放假在家里，什么事都是我们做的，她一天到晚十个指头不打湿一滴水。”

“亲家辛苦，庆梅冠军两口子长年在外面打工，屋里多亏了你们撑着，还养出这么个成绩拔尖的孙女，好能干哦。”庆梅的父母奉承庆梅公婆。

“唉，孙女再好，将来也是别人家的人，不像亲家好福气，儿媳妇给您添两个孙。”

庆梅父母顿了一下，呵呵一笑，说：“亲家切莫说我们福气好，享福的还是您，我跟我们老头子一天到晚像两条畜生，从早搞到黑。下雨天别人屋里搓麻将，我们搓麻绳，一年挣的钱全交到儿子媳妇手上。过年回来叫她带带伢儿，还不满意，说他们在外面打工苦，回来了还把伢儿甩给她。亲家，您看，我这儿媳妇就是这么不知好歹。我说伢儿是你生的，你是伢儿的妈，你回来了，伢儿不找妈找谁呢？天底下哪个伢儿不认爹和娘，血缘亲情是我们这做爷爷奶奶的阻断得了的吗？”

“那是的。”庆梅公婆应和着，但面上表情却由热转冷，寡淡了起来。

庆梅坐在大门边与隔壁媳妇聊着家常。隔壁张娇觉得庆梅爹妈这番话说得像团肉，却又有些骨头。看庆梅公婆的面色，很是难啃，便也心有灵犀地跟庆梅一起闷笑。

庆梅父母走后，婆婆在屋里以庆梅晚上煮了夹生饭为由，发了一通脾气，东扯葫芦西扯叶地说庆梅不通情理。

冠军说：“哎呀，我的妈，煮个夹生饭，无非就是米放多了，水放少了，跟通不通情理没有半毛钱关系。”

庆梅抿嘴一笑上楼去了。杏杏坐在楼上客厅角落里的方桌旁，穿着夹棉睡袄，一手捧着书，一手捏着一枚牛角面包，电暖炉橘黄色的光照耀着她。看到庆梅上来，她语气幽幽地说："我奶奶真没说错，只要你一回来，家里就鸡飞狗跳。在这屋里如果再听到吵架声，我就离家出走。"

如同耳边响了个炸雷，庆梅一下给震得僵住了，小半天才回过神来。角落里一声不吭的女儿和她书上密密麻麻的公式、几何图形，都令她感到孩子长大后的深奥与不近人情，也令她感到一种恐怖，旁边的电暖炉根根电丝烧得通红，可女儿却像一块冰。

庆梅其实也动过生二胎的心思，在她感觉女儿遥远得不可救药和阵阵寒心的时候，她想再生一个。生了之后自己带，即便是在外打工，再苦再难也带在自己身边，坚决不放在老家当留守孩子。跟冠军商量，冠军先是爽快地支持，但等她认真起来的时候，冠军也郑重地表现出了退缩。在某个夜里他道出了内心的真实想法，他说："心里想是一回事，但现实是一回事。我四十多了，你也快四十了，我们打工，表面上看凭技术吃饭，实际上也是青春饭。我从前爬高没有一点儿感觉，现在站在高处，腿开始打战，心里也开始发虚。如果真再生一个孩子，按照你的想法来养，时时刻刻就陪在孩子身边，不太可能。我们几个同事把孩子带在身边做事的，有几个好？前年一个同事孩子不到三岁，在一个业主家做事，一个不小心，孩子从没封的阳台掉下去摔死了；还有一个做大排档的老乡也是边做事边带娃，就松了一下手，孩子一屁股就坐在了滚水锅里，到现在都还没有好彻底。真生了二胎，你没办法解决眼前的困境，还是得像杏杏那样，丢在老家给老人带。”

冠军的一番话彻底打消了庆梅生二胎的热情，看着在身边睡了十多年的丈夫，庆梅忽然感到很泄气，他说出的现实让人万念俱灰。他们在外面漂泊半辈子，到现在社保、存款没有一处有个交代，孩子又是这样，老来难的光景，在中年就能感知。

庆梅说：“若生一个还是要当留守孩子，我坚决不生，不能再造孽了。但杏杏我也靠不住，你们一个个都没为我想过，包括你，你要是能耐点儿，也不是这个局面。杏杏对我的恨意，很大一部分都是受你妈的挑拨和影响，而你并没有实际地为我做过什么，改变过你妈什么。”

冠军说：“唉，说一千道一万，都是我无能、穷，如今这世道男人没钱无能，就不该娶老婆生孩子。”

冠军说得粗鄙，但也是无奈，庆梅也不好再跟他理论什么。当初是她死活要跟他，要一脚踏进这个家的，怨得了谁？

后来她跟阿芸吃饭时掏了一回心窝子。阿芸说：“那是杏杏处于叛逆期，叛逆期的孩子都是这样的，跟自己的父母见头不好，见尾不好，什么都跟父母对着来，都是这么成长过来的，我们那个时候也是一样。现在的孩子们没吃过什么苦，叛逆期更加自我。姐妹，你得撑大度量，好好包容几年。”

哦，原来是叛逆期。想起自己年轻那会儿，似乎也混账过好几年，家人要她学裁缝，她偏犟着要学美容美发，跟自己爹妈大半年不说话，气得她妈要上吊。后来跟冠军相看，去他家里，爹妈也足足交代自己，自尊自爱，可她没有听进去，半夜爬到冠军的床上。这世上有几个半大孩子又蛮听父母的话，蛮暖父母的心窝子的呢？既然这是人生成长的一个过程，就跟人患病一样，终究也会痊愈的，那只能等待了。

庆梅还是在工厂里打工，当初她是厂里最年轻的打工妹，现在她已经是厂里年纪最大的车工了。别的姐妹们坐板都要垫上厚厚的海绵垫，她垫不垫无所谓，反正屁股长满了老茧。

杏杏上高中的第一年，说要苹果手机，庆梅给买了，第二年要笔记本电脑，买，什么山地车、跑鞋、电动牙刷、手表、汉服……基本上只要杏杏开口，她都买买买。她不想别人有的，女儿没有，她只想拼命对杏杏好，快点儿让她的叛逆期结束。

很多时候她还是挺为杏杏感到自豪的。现在逢年过节回到老家，街上的人对她也是格外高看一眼，说她是学霸的妈妈，走亲串门，也会受到跟以前不一样的尊重。镇上中学小学的老师看到她，隔老远就跟她打招呼，问一番杏杏的近况，都恭喜她养出这么优秀的女儿。杏杏读到高中，庆梅每次给老师打电话，老师的态度热情又欢喜，一句一个哈哈，只叫他们放宽心，说杏杏考了年级第一，将来“985”是逃不掉的，就是考个状元也大有希望。

老师的话里总是敲锣打鼓的热闹，她内心当然也是欢喜的、得意的、有光的。女儿有出息，给爹妈争来了脸面，令他们这一身臭汗的打工者也能受到知识分子的抬举。

高三陪读，虽然是丈夫提出来的，但庆梅并没有丝毫的犹豫，积极应承下来。为此冠军还跟她竖起两个大拇指，觉得她这个当妈的真是没话说，母女俩长期钉钉碰榔头，但在大事上不计较。庆梅说：“你别给我戴高帽子。你但凡硬气些，我跟杏杏不至于针尖对麦芒的。”

庆梅放弃工厂主管和加薪的待遇，毅然回来陪女儿读高中最后一年，心里还是有巨大期待的。她有过女儿十岁那年陪伴的经验，认为只要在一起的时间长，感情就跟在田地里撒种一样，会生根发芽开花结果的。日久生情嘛！就是一块石头，只要揣在怀里的时间长了，也会揣热。

已经陪了一学期了，但照目前这情势看，这个“石头”没有一点儿温热之气。当初跟女儿说要准备陪读一年，以为女儿会有所动容，但她压根儿就没啥反应，只朝她看了一眼，一副随便你的态度。后领着她看陪读的房子，倒也没拒绝，相看得挺认真。庆梅刚开始还以为是杏杏释放出的缓和母女关系的信号，但看她与中介反复交涉，嫌这个房子不好嫌那个房子不好，才渐渐意识到，杏杏单纯地只是在挑一个自己满意的空间，她的热情是因为她终于可以不用住集体宿舍了。

别的妈妈陪女儿，租个单间顶多租个一室一厅就行了，母女俩挤挤，亲热又省钱。但杏杏不，她偏要租带有两个卧室的，还要两个卧室不要相隔太近的那种。庆梅都一一遵照她的意思。看到一处觉得各方面都符合女儿的要求，说好，女儿肯定就不满意，后来她就不敢做任何点评。现在租的这个房子，是女儿定夺的。其他都好，就是厨房油垢太重，庆梅擦拭了几天也没擦出个样子来，威猛先生没有干过油渍的惨败味儿，侵得她作呕了好几天。

看着快要上晚自习了，杏杏还没吃饭，庆梅还是忍不住去敲女儿的房门："杏杏，快上晚自习了，赶紧吃两口，别饿肚子。"

女儿没有回应。隔着房门听了会儿壁脚，应该是在跟她爷爷奶奶视频。女儿说："奶奶，你跟爷爷在家一定要照顾好身体，等我考上大学，参加了工作，一定好好孝顺你们。"

爷爷奶奶呵呵笑，奶奶说："我们就指望孙女考个好大学，将来有出息，才讲得起孝心，也不枉我们当初从你五个多月就开始劳心劳力地一把屎一把尿把你拉扯大。”

女儿说：“我知道，没有您跟爷爷，哪有我的今天。”

“哈哈，我的乖孙女，真的没白疼呢。”

庆梅听着很是扎心，便转身回到自己的卧室。心想，随她去，虽说是自己亲生的，但她要故意硌硬自己，又有什么办法。

听着女儿从房里出来了，窸窸窣窣地似在穿衣服、拿文具，庆梅又赶紧开门出来，说：“你不吃饭吗？饭菜我用开水温着，还是温热的。”

女儿急急出门，说：“不吃了，晚自习有一场英语测验。”

庆梅深吸一口气，然后吐出。进到厨房收拾，但又怕她下了晚自习肚子饿，便把饭菜捡进电饭锅里，加了水，一直用保温键温着。

快要高考了，这段时间冠军打她电话也打得勤，候着女儿放学的时间就要开视频，一方面鼓励女儿，一方面也鼓励庆梅。一个小家庭的能量在艰辛中积攒了十几年，似乎就等着这一刻来检验。宽慰的话这一年庆梅已经听得够多了，隔三岔五公婆来一趟县城送粮送菜，也是要嘱咐一些，大抵不过是虽然母女失和好几年，但她是母亲，要高姿态，不能与孩子一般计较，要大度，不要影响孩子的考试心情。等孩子考完，他们都会帮她着力教训，说和她们母女。她尽的人母本分在这样的叮咛下，似乎有些变味儿了，成了家里两方面的某种交易。一家五口人，冲锋陷阵，好像独她一个人不是这根绳上的蚂蚱，是局外人，需要动员敲打。

庆梅有时候看着公婆急匆匆来急匆匆走，还热心热肠、真诚无比地撂下一堆深明大义的话，她便在心里感到可气又可笑。

心情烦闷时，她会到学校的小山坡去走一走排遣一下。沾女儿的光，学校里很多师生都认识她，连门卫、保安都晓得她，每次她进去，都对她点头问好。有几次碰到过孩子的班主任，班主任也是位女同志，面相看上去很严肃，但每次遇见庆梅，隔老远就跟她打招呼。仗着这份真诚，庆梅好几次想跟她讲讲杏杏与她之间的隔阂，想探讨一下一个孩子的成长道路上，到底是成绩分数重要还是思想品格重要。但在班主任眼里，邓杏杏简直无懈可击，她不是高分低能死读书的那种，她自高二以来成绩一直稳定，而且生活自理能力很强，担任班上的学习委员，在老师与同学之间沟通传达得非常好，学校联欢会上也能展示朗诵、集体舞蹈之类的才艺。她文静沉稳，很有主见也很有想法。

这样的赞誉，使她没有着手的地方。但她还是委婉地说过，说："杏杏跟别人都处得好，就是跟我是死对头。"

班主任说："天才也有不完美的地方，是个人性格上都会或多或少有缺陷的，我们只能包容。"她勉强笑了笑，老师的胸怀和见识令她感到羞愧，连不相干的人都能包容，她还有啥讲究的。她只能感谢老师的大度。

一个高大帅气的男学生挽着他母亲的胳膊说说笑笑地走了过来，她愣愣地看着，不禁感慨，说：“多好的孩子啊。”那个母亲认得她，调侃说：“这不是杏杏妈妈吗？我们这猪油和尚一般的儿子好啥，要是能像邓杏杏一样，就算他吃我们的肉喝我们的血都乐意。”她笑笑，他们也笑笑，各自都觉得对方身在福中不知福。

冠军又发来视频，她挂断了。左不过是那几句炒现饭的话，她听烦了。

总算挨到了高考。陪读楼里一片狼藉，每个屋里都门窗大开，呼儿唤女，大喊大叫，散发着总算熬到头了的解放之喜。庆梅这里倒沉闷冷清。大件的行李昨天已被爷爷奶奶接走了，剩下的一些，不用她劳动，杏杏分门别类，秩序井然，收拾得比她还妥当。考试用的铅笔根根削得整整齐齐，直尺、三角板、橡皮擦、水性笔都有，准考证和身份证是单独用一个小布袋装着的，还有一瓶撕了标签贴纸的风油精。这些东西都装在一个透明的文件袋里。

女儿已经很独立了，她的生活自理能力强到令一个母亲也讲不出任何叮嘱的话了。

高考前一天，冠军特地从广州赶了回来。看到冠军，庆梅笑了笑，嘘了一口长气。冠军乐呵呵地从箱子里拿出旗袍，说："明天你穿这个，我们同事说穿这个叫旗开得胜，城里人玩出的花样，呵呵。"又拿出一件马褂说："我穿这个，说是马到成功。哈哈。"

庆梅说："我身体不舒服，胸口这里一直疼，疼了小半年，你回来了真好，高考这两天你陪，我想回家休息。"

冠军说："你再撑两天，完后我陪你去医院检查身体。你看你坚持了一年，最后两天就功德圆满了。"

庆梅从墙上取下一个布袋子，将自己的牙膏、牙刷、毛巾塞了进去。她没有遵照冠军的意思，收拾好后，从兜里掏出一把钥匙，说："回去时，把钥匙交给房东就行了。"

"庆梅。"冠军一把拉住她，"你这样子会影响的杏杏心情的。"

庆梅摇摇头，说："不会的，你放心。"

冠军先是生气，后来转而央求，最后他无奈妥协了。他松开了妻子的手，说："那你回去好好休息吧，我等杏杏高考完了，就带你去医院检查身体。"

庆梅转头走了，一瞬间，情肠热动，伤心、失意、孤独、被辜负、被抛弃、空洞、一无所有的感觉一齐涌上心头，不禁热泪滚滚。

高考分数下来了，果然如之前有个老师预测的那样，一中的宝押对了，邓杏杏真考取了湖北省理科状元。消息传开，整个小县城都炸锅了，开天辟地第一人，小县城出了个高考状元。电视、手机、乡里广播、朋友圈都在报道。自己的亲友群、家长群和别人的亲友群、家长群也在广而告之。两三天的时间里，似乎人人谈论的重要话题就是高考状元邓杏杏。

镇上的小学、中学学校也是兴奋得不得了，横幅拉到了各个村。校领导、任课老师和老家村里的人像蚂蚁牵了线似的赶来，送恭贺，送礼物，合影拍照。镇上的书记、镇长，市里教育局的领导也亲自上门给庆梅和冠军道喜。

县、市、省电视台和一些自媒体包括一些小网红主播也都来这里采访杏杏，录制影像视频。还有采访杏杏爷爷奶奶的、杏杏父母的、杏杏老师的、杏杏老家村庄的、杏杏左右邻居的、杏杏同学伙伴的。报道也是五花八门，《乡村留守儿童的状元路》《精准扶贫扶出一只金凤凰》《夫妻拼命血汗厂，女儿苦读夺状元》《老人罾鱼换学费，孙女立志中魁首》……忙活一天的庆梅夫妻俩，晚间看到这些转发过来的报道，哭笑不得。

一时间，邓家门前轿车停满，小镇上还遭遇了堵车，每天还要劳动隔壁大镇上的交警来进行交通疏导。

旁人都说，老邓家，这算是改换门庭了。

清华、北大两个高等学府的代表也来到杏杏家，一方与冠军做攻关，一方与庆梅做攻关。各讲各的优势，各抛各的橄榄枝：奖学金优厚、重点专业随便挑。庆梅跟冠军都不懂，但他们表示让女儿自己选择，无论她如何选择，他们都会支持。

杏杏也很犹豫，难以取舍，清华的顶尖专业可以任由挑选，但北大四十多万元的奖学金也值得掂量。但总得选择其一。庆梅看出杏杏内心倾向于清华，便说："杏杏，你就选北大吧，毕竟有四十多万元的奖学金，我跟你爸爸都不用操什么心了。"

杏杏冷冷一笑，说："你就只知道钱好。"

果然杏杏最后选择了清华。

冠军把结果告诉了庆梅，庆梅淡然一笑。知女莫如母。她知女儿，可女儿却永远不会懂得母亲。

那天她从陪读楼离开后，心里的郁结难以排遣，便去了县里的一座老佛寺。听一些陪读妈妈曾说过，老佛寺供奉的文殊菩萨很灵验，有考生的家长隔三岔五就去拜，说文殊菩萨是开智慧的菩萨，考前拜一拜，可以助考生文思泉涌，超常发挥。寺里香火真的旺盛，香烛味儿浓重得像块密度板，到了菩萨跟前，管他真假，庆梅也为杏杏磕了一个头，丢了一百块钱的功德。转到后面，看到有签筒，又为自己抽了一签，签上说："野草闭光不可夸，眼前光景是虚华。馨香纵有无边异，结子难求也不佳。"庆梅从"难求""不佳"懵懂地知道这签不好，想解一解，但解签要十五块钱，庆梅就罢了。

出了寺庙，坐上巴士回家。巴士招手就停，一路上遇见不少同乡。庆梅不想搭话，就闭眼装睡。她觑眼偷瞧，几个熟人上车后看到她在睡，也很知趣，没有搭理她。到了牛长岭这儿，上来一个大妈，挑着一担小菜。司机应是认识她，跟她搭腔，半恭维半好奇地问候："您儿女这么有出息，您还想不穿，上街来挣这种琐碎银子。"大妈摇着草帽爽朗一笑，说："琐碎银子也不倒手，您说指望儿女那只是心里想想，儿女长大成了家就是客人。他们回家，我以礼相待，他们讲孝心给我，我接住，没这个心，我不讨要，大面儿上过得去就行。"司机说："您是个智慧人。"大妈呵呵一笑说："多谢您抬举，都是一样的智慧。像我现在，跟儿女就是既不得罪他们，也不得罪我自己。"司机说："您是对的。"

庆梅细细地听着，也一直用眼缝瞧着这个大妈。手掌心捏着的那张签文被汗水浸透后，破碎成一团，庆梅将它丢到了车窗外。莫名其妙地，心情也释然了许多。在这热烘烘的破巴士上她想明白了，儿女也不过就是个熟人，不想搭讪，也可以闭眼装睡的。既不得罪她，也不得罪自己。

考取状元的热度渐渐冷却下来，庆梅一家子也总算有了些空闲，亲戚们都嚷嚷着要他们办酒，公婆被煽动得热情高涨。

庆梅本不想办，没意思，人情得不着，生活全是自己的。还人情最恼火，别人家有什么事都得留心守着，正月里又要接待亲朋好友，又要天远地远地赶人家吃饭还情。但她也觉得杏杏这次与考个一般的好大学不一样，不办也说不过去，就想着亲戚们来吃顿饭算了。但公婆和丈夫不同意，非要大操大办，要热闹，要排面。这也确实是个喜事，庆梅也不好扫兴。

听闻是状元谢师宴，中心学校与镇上的两家文具超市积极参与进来。学校赞助场地，超市赞助酒水和一部分文具礼品作为回礼。机关幼儿园也来凑趣，赞助气氛，县里的一些培训机构也牵线搭桥钻进来，赞助这个赞助那个。

场面确实热闹大气，四十桌酒席铺陈在中学操场上，礼台、乐队、鲜花、气球、拱门，宾客满座，熙熙攘攘。校长、镇长、分管教育的副县长分别致辞。各种出了赞助的，制作的广告宣传牌围满酒席两旁。

冠军也学会了应酬周旋，大肆给宾客发烟。婆婆出入在各个人堆里，享受着别人的恭贺与夸赞。庆梅坐在席旁感受着各种复杂的眼神和表情，赞叹、羡慕、恭贺、嫉妒、看热闹、期望……杏杏倒很淡然，低头刷手机。

按照仪式要求，致辞过后，教过杏杏的老师们要上礼台接受杏杏的道谢。然后杏杏的家人上台，杏杏也要道谢。杏杏知道就是走个流程，也没拒绝，很是配合，给爷爷鞠躬，给奶奶鞠躬，给爸爸鞠躬，说了声“谢谢你们的呵护与培育”，就转过身子下了台，回到她自己的餐位桌上。庆梅就在这众目睽睽中被女儿晾着了。但没有人追究，没有人觉得状元失礼。公婆跟丈夫都乐呵呵的，庆梅也只能跟着乐呵呵的。

儿女一场戏，夫妻是假的。庆梅的心里忽然冒出这句她爹妈挂在嘴边的老话。她还是无法做到释然，无法做到不被恭敬，无法受了委屈还装作若无其事的样子。她是人，她有心有肝有肺。为了这个家，她付出了自己全部的真心与热情，到头来连起码的尊重都没有。

庆梅的心上像插了一把刀子。她想，如果倒回十八年，她一定把杏杏掐死在襁褓里。这十几年，她喝她的血长大，不但不感恩，还如此刻薄她，比仇人都不如，仇人还能给个痛快。

这个化生子！半大坟茔！庆梅在心里用老家最恶毒的语言咒骂自己的女儿。她为自己不平，也为自己感到悲凉。

菜上来了，公婆、庆梅、冠军、杏杏和杏杏姑舅姨坐一桌，几个酒精炉子，热气腾腾的。喊彩的、打鼓的、打渔鼓道情的都来凑热闹、讨打发。这些江湖艺人知道今天的主角是杏杏，也都拿好话来恭维她。

打莲花落的是庆梅娘家那边的。站在杏杏身后先打了一通翻花，博了个彩，然后就褒奖奉承起来，说：

盘古开了天，镇上冒青烟，邓家祖宗积大德，考个状元荣光添。爹娘不输志，姑娘好出息，扬扬得意坐上席，真是欢天又喜地。状元如凤凰，凤凰多吉祥，乡关一出青云上，出国又留洋，学成回来把官当，当官当到党中央，种田娃子登殿堂。莫学他人负心样，一年土二年洋，三年不认爹和娘，父母恩德天地长，不敬父母人家就要戳脊梁……

杏杏脸上忽然一阵潮红，她抬头看了看那个打莲花落的，并狠狠剜了他一眼。庆梅知道这个打莲花落的就是固定唱词，别家有考取大学的，他也是这么一套话，只是打到这里，就应了景致。

杏杏奶奶察觉到了，跟着孙女一起发烦，说："行了行了，您到别处打去，我们状元要吃饭了。"

打莲花落的便收起了板，觍着笑脸向杏杏讨打发，说："状元要给我打发呢。"

杏杏说："这么一套陈词滥调，还出来跑江湖，丢人现眼，来，给你一块钱抬举一下你，是微信还是支付宝，扫给你。"

打莲花落的听出了女状元的火药味，杵在那里进也不是退也不是，把脸朝着庆梅，一脑袋问号，是哪里得罪了这位女公子？

庆梅从包里抽出两百块钱封进一个红包里，说："二叔，您别跟小孩子一般见识，您打得蛮好，一点儿小意思，您到那边一桌坐下吃饭去吧。"

杏杏说："从庆家湾搬来这等高人，敲打我一番，就这两百块，岂不是太便宜了？"

女儿就是这么看待她的。谢师宴上，她串通好老家打莲花落的，来专门给她唱上这一段，用别人的嘴来褒贬她，表达做妈的态度。

嗬，考状元了，翅膀硬了，从前对自己的怨恨还带着一点儿顾忌，不敢撕破脸，如今可以不管不顾了，可以摊牌了。哪把刀扎得人生疼，就拣哪把。这哪是什么骨肉，这就是白眼狼。

庆梅的脏腑里先是蹿出一股气，然后是一股火，她咬紧牙关也压制不住体内愤怒的血液。冠军嗅出了危险的信号，起身来拉她。这一拉恰似点燃她的导火索，炸了。她猛地将桌面一抽，两个酒精炉并上面烧着的翻煎倒滚的汤水和碗盘碟盏一齐朝杏杏那边倒去。

"啊！啊！！啊！！！"顿时一片惨叫声。

冠军大叫着奔向女儿。爷爷奶奶已经瘫坐在地上哭喊起来了。所有的亲戚、宾客都围了过来，七嘴八舌，上下奔走。

庆梅被人群推搡着，本能地倒退了几步。她脑子里一片混沌、恍惚，甚至是惊诧，怎么好端端的一场宴席，突然嘈嘈杂杂起来，这是怎么了？

她感到害怕、慌乱、紧张、窒息……

她从人缝里看到了倒在地上、痛苦挣扎的女儿，她闻到一股皮肉烧焦的味道。她如同遭到电击一样，猛然清醒过来。她疯了似的奔了过去，扒开人群，将地上的女儿抱了起来，她哭喊着：“我的儿啊，我的儿啊，你这是怎么了？”

…………

《谢师宴母亲下毒手，女状元烧伤命垂危》《高考状元转入省医院，母亲忍痛捐皮救女儿》《烧伤女状元病床收到通知书，治疗顺利不耽误开学报到》。

一时间邓杏杏又成了各大媒体关注的热点，从乡卫生院转到县人民医院、市医院一直到省医院，都有摄像机、相机、直播杆跟着。全身缠着绷带的邓杏杏的照片配以“高考状元”“生命垂危”“留守孩子”等字眼长久地占据着媒体的版面。庆梅也成了记者采访追踪的主要对象。当时现场有人拨打120，也有人拨打了110，她先是被乡派出所民警带走，可她死活不依，要跟着女儿去医院，要照顾女儿。在派出所里，她整天打探着女儿的消息，她说如果女儿死了，她甘愿为她抵命。民警都是乡里乡亲的，并不怎么为难她，邓杏杏的信息也都会及时告知她。女儿全身烧伤面积达百分之四十，主要集中在腹部和大腿处。

冠军在女儿脱离生命危险后，赶到了派出所，替她做了辩解，不是蓄意谋害，是一场意外，是失措。派出所民警也相信这是无心之失，释放了庆梅。但庆梅不能原谅自己，在得知女儿需要移植部分皮肤时，她强烈地要求移植自己的。这是她造的孽，她要赎罪。

局部麻醉后，电动取皮刀在庆梅的大腿上取皮。她一点儿感觉都没有，回到病房后，在护士换药时，她看到自己的大腿一片鲜红，规则的一块四方形，血肉模糊，失去了皮肤的肌肉猩红恐怖，冲击着庆梅的眼睛和神经。麻药过后，那种侵入骨髓的疼痛令她几近昏厥。她时时倒抽凉气。冠军看她疼得大汗淋漓，想给她弄个镇痛泵，但庆梅不许，她需要这种锥心的疼痛，疼痛能减少她的罪恶感，能让她的良心好过一些。

冠军轰走了门外几位举着自拍杆的记者，他说："不要再拍了，不要再关注什么状元，这些都是狗屁，我只要我的妻女平安健康，相亲相爱。"

事件还在升温，高考状元烧伤事件惊动了央视，一位著名主持人想做一期深度采访，着力点不是关注高考状元，而是悲剧背后的社会现象。通过省市相关部门联络协调，也做了一些工作，冠军征求了妻子、女儿的意见，采访定在九月一日，因为医生估计，杏杏八月底就可以出院了。

九月的乡村，天蓝云白，瓜熟籽实。田野里，部分稻谷吐黄，部分正在怀浆，塘里、渠道水量充沛，草木葳蕤。

他们的老家有一座大水库和人工垒起的土坝，号称亚洲第一土坝。坝上草针齐出，绵密如毯。

主持人第一天跟杏杏在坝上聊了一整天。次日，主持人没有带摄影师，只带了庆梅一个人。她们各自打着伞，在坝上行走。庆梅腿上的取皮伤还未完全愈合，走路有点儿忍痛，一瘸一拐的。她们缓缓地走向土坝的另一头，那里没有游人，只有两头黄牛在悠闲地嚼着青草。

主持人说："我昨天跟杏杏聊了一天，出乎意料地，这孩子很健谈也很坦诚，她的敞开心扉，令我很是感动。这期访谈我会申请上级撤销不播。但这个录音，我觉得应该让你听听，当然我也征询了杏杏的意见。"

主持人打开录音笔，递给庆梅。庆梅接过。很长一段时间，录音笔里没有任何动静，只有两声牛叫和知了长鸣。

庆梅跟主持人都静静地等待着。

终于录音笔里主持人开口了。

主持人：杏杏，你恨你妈妈吗？

杏杏：爱过也恨过，但最后都已经麻木了，爸爸、妈妈在我的字典里只是一个称呼。我知道他们是我的至亲，但我却对他们很陌生。

杏杏：陌生感会让人产生恐慌和抗拒。

主持人：谢师宴上，你母亲抽翻桌子将你烧伤，你如何看待你母亲的这种行为？

杏杏：我不知道，这是一瞬间发生的事情，我想她在那个瞬间只是想发泄，没有预料后果，她不是有意的，只能算是一时冲动。

主持人：这个事件你觉得是不是将你们母女俩拉得更开了，关系变得更加不可调和了呢？

杏杏：……

主持人：我看到过一些访谈，你十岁时，你母亲是陪在你身边的。你母亲的钱包中有一张你们的合影，你母亲说是你十岁那年照的。从照片看来你们很温馨。

杏杏：那是一场梦。

主持人：你们母女间的隔阂、你对母亲的成见以至于后来的不可原谅，是在你十岁那年她再次离开你之后吗？

杏杏叹了一口气，似乎是在思量什么，然后她说：我十岁那年暑假在广州，她把我扔下，对我的童年确实造成了一些阴影，伤害到了我，但还不至于形成解不开的疙瘩，因为我理解他们，毕竟要为生计故。

杏杏：你知道吗？我遭遇过性侵，十一岁那年，就在这条土坝上，一个老头儿，我认识他，不过他前年已经死了，在水库里淹死的，当他的尸体被打捞上来时，我才觉得我得到了拯救。

杏杏似乎很是冷静，她的情绪和音量没有一丝变化。庆梅握着那支录音笔如同握着一块烙铁，她的心脏、血管在体内膨胀，仿佛要裂开。她一阵一阵地颤抖。

杏杏：你不知道那个充满恐惧和耻辱的夜晚，对一个年仅十一岁的小女孩儿是多么的残酷。我受到了伤害，但羞耻和威胁令我不能张口。慢慢地，这种郁结就化成了一股怨恨，我开始怨恨她，在我的成长道路上，她作为一位母亲是失职的。我仇恨她，漠视她，硌硬她，也伤害她，这种对抗和虐待，似乎为我长久压抑的情绪找到了一条出口。

庆梅的腿上渗出了血水，血染红了她的杏色裤子，取皮区的四方形肌肉在一阵一阵跳动，血也一股一股地不断涌出。

录音笔里，主持人还在问：杏杏，你会原谅你的母亲吗？

杏杏：……

秋阳高悬在头顶，大坝空旷寂静，录音笔里再次传出牛叫声和知了声。

太阳照在镜子上

一

吃过晚饭我一般会到江边散步，对着夕阳铺陈的江面点燃一支烟，静静地想一些心事。江边种着高高的白杨树，风一吹，哗哗作响，像一片掌声。江堤向天蜿蜒而去，无拘无束的。忽然尖锐的蝉鸣从我的衣袋里传出，是手机的铃声，一声一声像针尖一样细也像针尖一样有力。手机上显示的是“安”。安？我心里一紧，手指也哆嗦起来。

我父亲在四十二岁那年没管住他的“中腿”，与他的一位女学生为我鼓捣出了这个妹妹。这些年我试图将她忘掉，仿佛真的忘掉了，我连做梦都不会梦见她。可是，总在不经意间，在毫无防备的晨起或深夜里，她就像划火柴一样“嚓”一下从我的心里挣脱出来，将我的脏腑燎起一个个血泡。

当年学校有传言我父亲跟女学生的消息，可我们都不信。

父亲是位老实人，他每天皮鞋锃亮，西装笔挺地站在县一中毕业班的讲台上传道授业解惑。他的班里经常会冒出文科状元来在市里、省里甚至全国轰动一下。每年高考后的暑假，我们家从不开伙，我和我妈还有奶奶跟着我爸一道辗转在各个饭店的谢师宴上，吃得我们头发尖都能淌出油水来。

他拿着讲义走向教室的情形如农人走向田地。他崇拜毛泽东主席，是党员，他办公室的玻璃板下压着他手书的中国共产党入党誓词。父亲不苟言笑，方方正正像秤砣一样，很稳，我们觉得一个举起拳头宣誓永不叛党的人应该也是不背叛家庭的人。

当那个女学生来到我家跪在我母亲的脚前请求我母亲的原谅时，我们才知道这事是真的。我母亲看着我父亲，我父亲不说话，他把脸扭向了窗户，窗外的院子有一丛黄色的野菊花，是父亲特意种的，他向往祖上陶渊明“采菊东篱下，悠然见南山”的自在生活。

那个女学生说她怀了我父亲的孩子，她要把这个孩子生下来。那一刻我头上滚过一声炸雷，我感觉我脚下的地都在晃动，这个站着像门板一样的男人“轰”的一声在我心里倒塌了。父亲的沉默并不是软弱，更像是逼迫。他是愿意娶他的女学生的。奶奶在看了女学生的肚子后就开始躲避母亲的目光了。她想抱孙子的心还没有死。我看到我母亲眼睛里的光灭了。

父母离婚后，我跟了母亲。母亲没有工作，父亲给了母亲十万块钱作为安家的费用。母亲将这笔钱存进了银行，她找了个打扫公共厕所的活儿，以此来养活自己。那一年，我满十六岁，正在读高三，成绩总上不去，成了学校的包袱。原本是打算复读的，但为了尽快离开这个鬼地方，我学会了头悬梁锥刺股，我的屁股长出钉子钉在板凳上，我的眼睛也长出钉子，钉在书本上。我把那些书看出一个坑来，最后我考上了武汉的一所大学，虽然离我心中的远方还差十万八千里，但我母亲已经很阿弥陀佛了。

父亲不惑之年对家庭的背叛在我的心里凝结成不散的阴霾，每次突然想起时，就让我对他有种刻骨的仇恨。我想要报复他。我在大学里开始学着抽烟喝酒，化着浓妆混在男孩子堆里打情骂俏，勾肩搭背，一副很随便很开放很有性经验的样子。那个时候我是如此地喜欢自己糟蹋自己，我曾是他眼里的一颗明珠，如今我要把这颗明珠扔进粪坑里。可是我的内心却对这些男人嫌恶至极，在他们亲吻我或是要进入我身体的时候，我会恼羞成怒，我会举起我的巴掌。我用巴掌扇走了好几个男人。

听母亲说那女人给父亲生了个女儿，叫陶安。母亲脸上流露的是喜色，她为父亲的遗憾感到欣慰。母亲很得意地望着我说：“陶家撑门立户的还是你。”我鼻子里轻蔑地哼出一声，这样的家门如一副破碎的河山，撑不撑、立不立没多大意义。

奶奶在见到陶安后就大病不起了，拖了四年就去世了。

这病床上的四年都是母亲照顾的，奶奶对母亲怀有巨大的歉意。她垂危时像君王临死立储君一样对守候在一旁的亲戚们说：“我做一世人，只一个儿子一个媳妇一个孙女，再无旁人，孝心单子上的人不要弄错了。”遗命大于天，父亲不得不遵从。孝心单子上真的没有她们母女俩。但是她们母女俩还是早早地就去了殡仪馆，帮着给客人端茶倒水。每个去的人头上都有一顶孝帽，父亲和母亲是一身重孝，白帐布从头裹到脚，我和奶奶的侄儿们都是一身大孝，长长的如斗篷一样的白布走起路来衣袂飘飘。

我那时是第一次看见陶安。她像一只怕见生人的猫，牵着她母亲的衣角时时跟在她母亲的身后，看起来就四岁的样子，留着娃娃头，穿着背带裤，眼睛很亮，嘴唇很红。她大约是在向她的母亲讨要东西，但她母亲却一脸难色。最后，我终于听到她要什么了，她说她要穿白衣服。孝服是按孝心单来发的，她当然没有，满院里猫啊狗啊身上都系了孝，就她们母女没有。我的心里是优越的，是雀跃的。我想我母亲心里应该也是满意的。但我母亲会做人，她从裁缝那里撕了一大块白布又拿了两个帽子，给陶安戴了个孝帽系了个大孝，给那个女人戴了一顶孝帽。那女人向我母亲说了声“谢谢”。

陶安披上大孝后立刻就乐了，她倚着门框看我，朝我笑，但我故意扭头不去看她。她走了出来，在外面的空地上跑来跑去，想让风吹起她的白斗篷。亲戚中所有的大孩子和小孩子都围着我，像暗地里约好了似的都不去理她。她似乎想引起我们的注意，叫声越来越大，她说她是侠客。后来她叫："姐姐，姐姐，你看，我是侠客，我是侠客。"我狠狠地瞪了她一眼。父亲拿着一卷鞭炮凄然地走了过来，看到奔跑的陶安，他甩了她一巴掌，父亲说："奶奶死了，你就这么高兴？"陶安一下子就哭了。她母亲赶出来，将她搂在怀里，她母亲朝我父亲看了一眼，大致是想说什么，但是嘴唇动了动什么也没说，只是默默地将号啕大哭的女儿带向了背人的远处。

奶奶没有承认她们，因而陶氏家族也不承认她们。我听母亲说，父亲的压力很大，每月都要到理发店去染一次头发，不然就是一头白发。可是他对他的再婚却没有流露丝毫悔意。其实当初浪漫的师生恋已被世俗消磨得面目全非，首先是应家长的要求，父亲不能教书了，转向学校的后勤工作。女学生的家人也没有原谅他们，特别是我的态度对他的伤害最大，他曾往我的学校寄过一封信，希望能与我见一面，可是我没有答应。在一中的校园里，我偶然看见过他一次，穿着一件毛背心，提着菜篮，背似乎都驼了，头发虽然乌黑，可是脸上的皮肉都一齐往下坠，他的步履沉重，走路像背了座山似的。他的衰老让我有了一丝软意，但是我的脑海里随即浮现出母亲枕头上的泪痕，软意复又变硬。他当初无情的沉默和重起炉灶的决心像一把把飞镖刺向我和母亲。老夫少妻，他以为他会有一堆好日子？看到他吃力地上台阶，看到他蹒跚的步履，我的嘴角扬起淡淡的笑来。我与他背道而走，莫名的酸楚在我的胸间堆积，我加快步伐奔跑起来，直到眼角有泪溢出。

在陶安十四岁那年，父亲出现精神恍惚的病态来，整夜整夜睡不着，要靠吃安定才能勉强睡半宿。他在一次买菜的途中被一辆轿车撞倒在地，送到医院抢救。我母亲给我打电话，叫我马上从武汉赶回来，那时已经是傍晚了，没有班车了。可我母亲要我包辆车，无论多少钱，她出。母亲说得很坚定，有一种诀别的意味。

我赶到父亲的床前，父亲已经不能说话了。母亲在背后催促我："叫爸爸，快叫爸爸啊。"我没有叫。从十六岁到三十岁，十四年没叫，已经生了锈，叫不出了。父亲摇摇手，意思是叫我母亲不要勉强我。他又对我招了招手，我把我的手递给他，他握住我的手又握住陶安的手，他将陶安的手放到我的手里，让我的手握住她的手，他说了他生命中最后一句话："你们都姓陶。"然后他的手就骤然松开，头歪向一边。陶安哭喊着："爸爸，爸爸，爸爸……"而我却喊不出这两个字来。

父亲死后半年，母亲也患病去世。那个小城于我再也没有了任何牵连，我很少回去了。过年过节我也不回去。我给陶安留了我的电话，但她很少打，几乎没有打过。但我还是从亲戚那里知道了一些她们母女的消息：父亲死后，学校收回了父亲生前所住的房子，给她们娘儿俩另外安排了居住地，挨着猪圈的一排平房，过去也是老师的宿舍，条件很简陋，漏雨又漏风，陶安母亲的工作也由图书管理员换成了食堂蒸饭工。父亲死后并没有给她们母女留下多少钱，所以陶安母女的生活过得很节俭，她们周末还提着编织袋在学校操场捡塑料瓶和纸箱子来增加收入。还听说陶安读不进去书已经辍学了，在县城里一家洗脚城打工。

那些到了晚上霓虹游走的洗脚城在我眼里等同于烟花巷，是青楼，是窑子。我觉得这是她们故意的，故意羞辱陶家，是做给我看的。这使我对这个女人更加痛恨，我隐隐地将我们家庭的破裂、父亲的惨死、母亲的早亡和我对男人的嫌恶统统归结在她的头上。我甚至认为我父亲的出轨是因为她色相的勾引，她若不在我父亲面前卖弄风情、巧笑倩兮，激起男人压在心底的兽性，我父亲怎么会跟她误入藕花池？她怎么会怀上我父亲的孩子，进而逼迫我母亲让出名分？我决定与她们老死不相往来。小县城我也就每年清明节回去一次，每次去父母和奶奶的坟前，我都会看到燃剩的蜡烛头、香头和纸钱，我猜想一定是她们母女来过了。对于逝去亲人的祭奠算是我们彼此间唯一存在的联系，我仅以此知道她们还活着，每年还能余出几十块钱来买这些香蜡纸烛，除此之外我对她们再没有别的信息了。

过了三年，我接到陶安的电话，说她母亲去世了。这是陶安第一次给我打电话，她叫我姐姐。她的声音很紧，喉咙好像跟尼龙线一样细。我没有回答她，我静静地等待她跟我说正事。她在那边抽泣起来，她说："姐，我妈过了，你能回来帮帮我吗？"说完她便抑制不住地哭出声来。对于这个女人，我虽然素无好感，可是死亡是件令人悲伤的事，生人不能与死人计较，我答应陶安回去帮她。这个女人在我父亲死后并没有往前走一步的心思，想来也是不易的。那次回去我才知道陶安已经嫁人了。一身重孝的陶安将一个披着重孝的男人引到我面前说："这是田文军，我老公。"我冷眼打量那个男人，他应该比陶安大不了多少，顶多也就二十岁出头，不高，仅比陶安高半个头。我再看陶安，这才注意到她的肚子已经微微隆起。

把陶安的母亲送上山后，我们在一家小饭馆里吃了顿饭。陶安告诉我，她和她老公是在洗脚城认识的，两人都是洗脚的技工。他老家在郧县，穷地方，电视常年就只收到两个台，中央电视台和他们的地方台。在洗脚城打工，他照顾她很多，帮她抢饭，帮她端客人的洗脚水，休息时他还给她捏过脚。那时她的母亲身患重病，想她找个男人好有个依靠，到哪儿去找这么合适的人来给母亲一个交代，好让她放心呢？陶安就想到了这个同事。当她把这个同事领到她母亲的病床前，她母亲简单地问了下，似乎还是有些不满意，但也没有反对，俩人就这么在一起了。陶安说，没有办酒，所以也就没有通知我。

我静静地听她说话。她长着一张好看的嘴巴，像一只出水的菱角，带着天然的红润，湿漉漉的。丰满的诱惑。她的眉毛继承了父亲的特征，又黑又长，像两根炭条。奶奶以前说过女孩子长这样的眉毛命硬，不是克娘亲就是克爹。终于，她的双亲都被她克死了。怨恨又在我心里翻腾了上来。她如今已嫁为人妇，有了自己的归宿，我想在以后的日子里我不会与她有什么瓜葛了。

吃过饭我们一拍两散，连句客套话也没有。她往东我向南，在等车的时候我回头看了一下，看见她老公在轻拍她的后背，手指揪着袖角在她脸上擦拭着什么，很恩爱的样子。很好，再没什么值得我为她担忧的了。

一年过去了，两年过去了，她并没有联系我，过年过节连条短信也没有。我想我们之间横亘的东西太多了，那些怨恨与冷漠堆积成了沙石，又被时间浇筑成一堆水泥，这辈子也解不开了。她有她的家庭，我有我的人生，我是绝不会低下身段去主动联系她的。好几次走到移动营业厅，被便宜的资费所吸引想换一个手机号码，但是最后都没有换，我固执地保存着这个号码，似乎在暗暗地等待着什么。也许等待在某个不可知的时刻，打进的电话手机屏幕上会出现“安”。

就像此刻。

二

我喂了一声，那边是一段空白。我蓦地紧张起来，这种陡然的联系往往都是最坏的结果。这个命硬的女人。那边有了些动静，是咳嗽的声音。她说话了，依然是如尼龙线一般细的嗓音："姐，我想来你这儿。"

这前不着村后不着店的一句话让我诧异，我问："怎么了？"

"我来了再跟你说吧。我要离婚。"

我的后背忽然一阵烘热。她到底还是遭遇了坎坷。她跟我开这个口也一定是考虑了很久的，是鼓足了勇气的，她连生小孩儿的事都没跟我打过电话，至今我都不知道她怀着的那个孩子生没生，生的是男孩还是女孩。她从宽敞走到了狭窄，她一定像一只飞蛾般慌乱地扑腾双翅，仓皇又茫然。隐隐地，我的心里有一丝庆幸，她的落魄、她的变故像一帖药一样慰藉了我，我似乎一直就隐藏着这个期待，期待她过得不好。

我说："你来吧。"

她急急地说："那我明天就过来，今天带龙龙在旅店睡一晚上。"

我还想问些什么，但最终闭嘴了，这样的事不是一句两句就能说清的。我将烟赶紧吸完然后弹进长江里，就往回走。我住在江边，母亲火化后我抓了些骨灰带到了武汉，扔进了长江，我便在江边买了个小房子。我处过几个男朋友，跟大学里一样，在突破防线的时候我会举起巴掌，将所有的激情扇熄。出于对背叛的恐惧，我对男人的戒备像钢铁一样坚硬，所以至今单身。

回到家坐在沙发上与电视机遥遥相对，电视柜上摆着我母亲的照片，每一次看我母亲的眼睛，我总会想到她带泪的枕头。那片泪痕如长在我的心底，捂得都快要长出绿毛来。阳台的窗帘拉开，远处沙滩上有一只破木船，四周全是沙子，这些年那沙子都快要覆盖那船身了。我觉得这景象如一幅充满禅意的画儿，含有一种谶语。我就是那条船，我们一齐搁浅了。

她好像说她带龙龙在外面过夜。我猜龙龙一定是她的孩子，应该是个男孩。哦，男孩。我竟有一丝喜悦。我进屋换了套衣服，打算去城中心的商场转转，下了楼一阵江风吹来，我打了个冷战，也顺便改了主意，还是到最近的超市算了。大费周章显得我多重视似的。我买了薯片、软糖、牛肉干和曲奇之类的零食，买了大小两双拖鞋和两只喝水的杯子。在服务台旁边的金银店买了一只银的麒麟锁。在我们老家，未出童关的小孩儿身上应该是要戴银器来辟邪的。假设父亲还在，这只麒麟锁应该在她怀孕的时候就准备下了。

那一夜我听着江风呼号久久不能安睡，起来抽了两支烟，在接近黎明的时候，我忽然生出一种紧张。

我提前一个小时去了车站，在焦急与渴盼中等待他们母子的到来。老家县城的巴士终于驶进了车站，从行色匆匆的乘客中我一眼就认出了陶安，她穿着一件蓝色的羽绒服，身后背着一只黑色的大背包，一手拖着旅行箱一手提着一只红色的皮革包，一个小男孩牵着她的衣角亦步亦趋。她转了个身给了我一个正面，她还是那么标致，头发留长了还烫了时下最流行的梨花头，更显出一种风韵。她给我打电话说到了。我说："你们先等着吧，我还在路上，大约得要半个小时。"

在这半个小时里，我看着他们在武汉湿冷的寒风中搓手跺脚，看着陶安俯下身去给小孩子擤了一次又一次鼻涕。我看见小男孩在拳脚并用地踢打她，然后小男孩号啕大哭起来，在陶安手足无措的时候，我才慢慢地走出车站。陶安见到我，低低地叫了声姐，又对着小男孩说："龙龙，叫姨妈。"龙龙两眼带泪别过脸去。陶安说："他认生。"我没说话，沉着脸站在路边拦的士。

从上的士到我家里，陶安的手机就没安静过，一会儿短信一会儿电话。她一会儿跟电话那头的人说她现在在深圳，一会儿跟电话那头的人说她现在在武汉，然后一会儿是柔声细语，再接一个电话时又吵又骂。我从这些零散的话语中知道陶安有了婚外情。我从后视镜里看到她的眼睛里有一种神光，父亲当年与她母亲相好时眼睛里就是这种光，这光就像太阳照在镜子上。我的心里有些不快，她的颧骨因经受寒风又骤遇暖气有了两团红晕，一股子狐媚相。我暗自对她生出鄙视。龙龙的手里拿着一个蜘蛛侠玩具，我从后视镜里默默地看着他，这个虎头虎脑的小男孩眉目之间与父亲有几分相像，是陶家的一脉血。我看到他歪着脑袋从座椅缝里偷看我，他的手在后面扯我的围巾想让我回头。我没有回头。我像泰山一样稳坐在副驾驶座上，在他们母子面前巍峨、高耸。

过了会儿，我还是把头扭了过来，龙龙却忽然藏到他母亲的怀里咯咯咯地笑，蜘蛛侠的玩偶吊在我的围巾的流苏上。龙龙猛地抬起头说："看，蜘蛛侠在姨妈的围巾上打秋千，好好笑。"龙龙叫我姨妈。那声姨妈在我心里激起阵阵涟漪。陶安拿着手机像拿着一缕魂魄，一副心不在焉的样子。我问陶安："中午想吃什么？"这时陶安的电话响了，陶安看了一下屏幕，脸上立刻呈现出天大的欢喜，她向我打了个暂停的手势，就热情地对着电话"喂"了起来。这个举动令我有点儿恼火。电话那头的人显然比我这个多年未见的姐姐分量要重得多。

下了的士，陶安的电话还没有断。我将行李从车上帮她取下，摆在她的脚前，然后朝前走去，我不再替她拿行李，她不像是投奔人的样子。她精力旺盛地在电话里打情骂俏。

她对电话那头的人说她现在在武汉，她要那人来武汉见她。我停在一株白杨树跟前，看她一手提着一个帆布包，一手提着一个小编织袋，身上还斜挎着一个红色皮包，她的头像水蛇一样偏在肩膀上，手机夹在中间，这姿势一看就是很吃力的样子，她的脑门子都汗湿了。那个偌大的行李箱，居然是龙龙在拖着，行李箱虽然有滚轮，可是很沉重，龙龙一边拖一边喊“哎呀哎呀”。陶安扭头看了一眼龙龙，笑了一下，说：“乖儿子。”她将编织袋转到一只手上，腾出一只手拖行李箱，两只袋子的分量很重，她的腰身开始倾斜。手机快要从肩头滑出来了，索性用手握住手机将它按在耳朵上，这样两只袋子就统统滑在了她的胳膊弯里，看得出她在使力气，脖子上的青筋都暴出来了，可是她依然舍不得跟电话那头的人说再见。她说：“龙龙肯定是跟着我的，他爸爸是不会要他的，你接受我就得接受龙龙，龙龙很乖的。真的，他刚才还帮我拖箱子。”

我实在看不下去了，气呼呼地走过来，对着陶安说：“五栋三单元七楼702。”然后我抱着龙龙转身就走了。

进屋后，我将电暖炉打开，给龙龙洗了脸，拿出昨晚在超市里买的零食。龙龙看了看四周，都是陌生的样子，他问我：“妈妈呢？”我说：“你妈在后面，她会来的。”他又看了看屋子，黑色的沙发垫、粗麻的桌布、棕色的窗帘、黑白相间的挂画、红木色的地毯、笨拙厚重的手工粗陶器，陶瓶里插着干枯的莲蓬和松果，冬日泛白的太阳似乎费了许多力气才穿透那层薄薄的窗纱泻在客厅的茶几上，有气无力的样子。大概是屋子里沉闷的颜色和一个不苟言笑的妇人令他感到了恐惧，龙龙忽然大哭起来，他朝门那边跑去，他要去找妈妈。我说："妈妈会回来的。"我一手拦住他，一手掏出手机给陶安打电话，她的电话总是处于通话中。这令我很是恼火，太阳穴似乎都在嚓嚓冒火星。

我说："你妈还在跟别人打电话。"

龙龙说："我妈不要我了，她说她要把我送人的。"

我说："不会的，不会的。"我不知道怎么哄小孩儿，一时间心烦意乱。我不由得多出一个心眼儿，难道陶安真想把龙龙丢给我？一个沦陷在情欲里的女人什么事做不出来？父亲当年不就是为了一个女人把我和母亲抛弃的吗？看她刚才那副打电话的德行，自己累得跟条狗一样却还在讨好对方，对方似乎是不能接受孩子的，只是她在一厢情愿地争取。以她这种不强硬的态度，这种争取也是疲软的，在软磨硬泡下多半是会瓦解妥协的。这个没心肝的女人。看着一旁哭闹的龙龙，我焦头烂额，束手无策。假设真的如我所想，那么陶安还是很会打算盘的，她刚才不是在电话里说他爸爸也不要他吗。如果她要跟对方组建一个家庭，对方强硬地不想要她带来的孩子，那么把孩子托付给我是最好的结果，我是孩子的亲姨妈，总比胡乱找个妈要强。

我再次给陶安打电话，依然是在通话中。我将手机一把扔在沙发上，我为自己昨天答应接受他们母子俩而后悔。如果说我心里对亲情还隐藏着一点儿念想，那么现在已经荡然无存了。我觉得陶安就是一个骗子。从她在她母亲的肚子里用羊水泡着的那刻起，她就是个骗子，骗子！我的眼里流出泪水。在这个哭闹不休的小孩子身上，我发现了我的狼狈。一个年近四十的女人还是个处女的狼狈，一个年近四十的女人还没有结婚成家的狼狈，一个年近四十的女人还没有哺育过幼小的狼狈。这时电话响了，龙龙的哭声也停了。我奔向沙发，手机上却是一串陌生的号码，我迟疑着接了。是男人的声音，他问："是陶平吗？"我说："是，你是？"男人说："姐，我是田文军。"我说："田文军？"我在记忆里努力搜寻这个名字。龙龙走近了，说："是爸爸，是爸爸。"哦，我终于想起来了，田文军，那个矮个子、黑面孔、一脸稚气的小伙子。田文军似乎听见了龙龙的声音，说："是龙龙吗？"我将电话递给了龙龙，龙龙"喂"了一声，鼻子里吹出个气泡来，然后哈哈大笑，叫着"爸爸，爸爸"。龙龙在电话里说："爸爸，我们在姨妈这里。妈妈在下面打电话，还没有上来，她在跟林叔叔打电话。"龙龙接着说："爸爸，你来接我，你不要我了吗？妈妈说你不要我了，妈妈说要把我卖掉。"

我说："不许瞎说。"

龙龙对我吐了一下舌头。我听到电话里面说："她敢，她要把你卖掉，爸爸宰了她，把她扔进长江里喂鱼。"

我说："你要宰谁？你要把谁扔进江里去喂鱼？"田文军愣了一下说："姐，开玩笑的，开玩笑的。哄小孩子的话，你别当真。"

田文军说："姐，你住哪？告诉我地址，我想过来跟陶安谈谈，只要陶安回心转意，我愿意接他们回家，我愿意跟她过日子。"

这个男人的大度令我肃然起敬，陶安果然没有看错人，自己出轨了，给男人大张旗鼓地戴了顶绿帽子，男人还能不计前嫌，留条后路让你回去，陶安好福气。我心里有些嫉妒陶安，这个烂女人，居然前能着村后能着店。就跟父亲一样，都已经跟别的女人过上日子了，可我母亲却还为他守着传统的贞节。我告诉了田文军地址，还说了很多赔礼道歉的话。陶安给人戴了绿帽子，娘家人总是理亏的。

三

在我的青椒肉丝面摆上桌后，我才听到门铃响，陶安才到屋。她精疲力竭地将行李一件一件挪进屋里，她的羊毛围巾解开了，外套的拉链也拉下了，都敞着。她身体的热气扑面而来，健康的年轻的饱满的充满欲望的热气，这热气让我想到了电动马达之类的器物。我不得不承认她是充满魅力的。她的情人一定是潇洒多金的，年龄绝对比她大十岁以上。这世上，年轻的都在奔命，谁有闲钱去找小姐洗脚按摩，只有有钱的中老年男人才会花钱去寻快活，找刺激。

她把行李放置妥当后，便从包里拿出黑色的手机充电器，两眼像老鼠似的扫视我房子的墙壁。她问："姐，哪儿有插座？"

我说："没了手机你活不了是吧？"

她没回答我的话，她发现了鞋柜上面有个空余的插座，她走过去将充电器插在上面，然后是手机开机的声音。伴着这种声音，陶安绷着的双肩忽地落了下来，脸上的神色也变得舒缓。她将手机小心翼翼地放在鞋柜上，然后转过头对我笑了笑，说："姐，不好意思，给你添麻烦了。"

她的客气让我的心莫名一软，体谅了她许多不能说出口的苦衷。我说："赶紧吃饭吧。中午吃简单点儿，晚上我再做两个菜。"

在她捡起筷子绞起一箸面条递进嘴巴里的时候，我说："刚刚龙龙的爸爸打电话来了，他可能明天就过来，他说他要……"

我的话还没说完，就听到陶安猛烈的咳嗽声。她的脸涨得通红，连眼睛也是红的。她呛着了。她的慌乱让我意识到她极度不愿见龙龙爸爸。

她说："我跟他已经没有什么好谈的了。事情已经到了这步田地，我不可能回头了。"

我说："龙龙爸爸还是希望你能回心转意，他可以不计前嫌。"

她说："你不了解他，他的心才狠，前些时我要出门，他居然把龙龙的衣服脱光了把他赶出来，他说要走就带龙龙一起走，不要把个拖油瓶甩给他。那天起好大的北风，把龙龙都冻感冒了。"

我说："你怎么不想想你自己，是你背叛家庭在先，你给男人戴绿帽子，这对男人是多大的侮辱，你自己把事情做成这个样子了，人家还能给条路让你回去，这已经够对得起你了。"

她不再说话，面条也没吃完。她又变成一副魂不守舍的样子。她离开餐桌，撤退到沙发上，装模作样地喝了口水，然后就走向了鞋柜，摁开了手机，手指在手机上跳动起来。看她握着手机一动不动的贱样子，我又气又恨。屋子里一下子变得很安静，只有墙上的钟表发出噌噌噌的声音。龙龙忽然扭头对我笑了一下，然后又害羞地转过头去。我问龙龙："爸爸妈妈你最喜欢谁？"龙龙说："都喜欢。"我说："如果只能选一个的话，你是选妈妈还是选爸爸？"陶安似乎也对这个问题很感兴趣，她停止了手指的拨弄，望向沙发这里。

龙龙低下头将手里的蜘蛛侠转来转去，过了一会儿说：“我要爸爸妈妈在一起。”忽然龙龙哭了起来，他说：“我不要爸爸妈妈分开，我要爸爸也要妈妈。”陶安走了过来，将龙龙接了过去，说：“你昨天不是说跟妈妈吗，你怎么说话不算话？”龙龙在陶安的怀里踢腾起来，哭喊着：“我要爸爸妈妈在一起，我不要跟妈妈一个人，我要爸爸妈妈在一起。”

龙龙的哭闹令陶安很烦躁，她一手抱着龙龙，一手握成拳头朝龙龙的背上揍了两拳，吼道：“哭哭哭，再哭把你丢到江里去，你这个王八蛋，你这个没良心的。”两拳下去龙龙的哭声越发大了。过了好半天，龙龙的哭声才小了些，趴在他妈妈的肩头沉沉睡去。待龙龙熟睡后，我说：“陶安，坐下，我们聊聊吧。”

陶安朝鞋柜看了一眼，最后还是坐在了沙发上。我给她冲了一杯速溶咖啡。客厅里弥漫一股煳锅巴的苦香气。龙龙的呼吸声和钟表的噌噌声融在了一起，电暖炉的温度也升高了，暖意使得这狭促的空间有了家常温馨的景象。如果没记错，陶安今年应该二十二岁了。陡然降临的陶安和她怀抱里的孩子都提醒着我，我已经落在了时光的深处。我和她，面对面，静静的，就像两棵树，在光阴的面前，她已经抽枝发芽，而我却是光秃秃的。她令我胆怯、心慌。

是要谈一谈的，可是我不知道该从哪一句开始。我咳嗽了一声，问："非要离婚吗？你是有孩子的人。"

陶安不说话，两只手在大腿上绞来绞去。她的指甲修剪得方方正正，涂了蓝色的蔻丹胶，在扭动的时候就会闪现出微弱的胶质样的光。

我问："你现在找的这个是个什么样的人？你看准了吗？"

她说："他对我很好，其实对龙龙也很好，经常给龙龙买东西。"

我冷冷一笑，说："再好能好过亲生父亲？"

她又不作声了。我问："那个人叫什么名字？多大年纪？很有钱吗？是老板，还是官员？"其实我一开始就对这个问题有兴趣，只是找不到合适的机会。她说："他叫林大庆，二十岁。"

我说："二十岁？"我有点儿不相信自己的耳朵："是富二代，还是官二代？"

她开始抠指甲，大拇指上的蔻丹胶已经被她抠得一片狼藉了。她说："不是你想的那样。他父母都是下岗工人，现在他爸爸在县城跑摩的，他妈妈在人民医院做保洁，他在一家户外广告公司做安装。"

这与我之前猜测的相距甚远，她并没有傍上大款。我点燃一支烟。如果她是真傍上了大款或是高官，我会象征性地谴责她几句，然后半推半就地让她心愿得逞，拣高枝飞也算是女人的前程，我没有必要阻止她去过阔日子。我甚至还卑鄙地想着，她混好了，以后说不定还能照顾到我。可是她选择再婚的人却是这样的条件。一个三岁孩子的母亲了，还在城堡里做着爱情的梦。真是可笑。

我说："你大张旗鼓地出个轨，背个不守妇道的骂名，落个背井离乡的下场，就为了一个屁事不懂的穷小子？你疯了是吧，雀儿都知道拣高枝飞，你连个雀儿都不如。猪脑子。"

这时，鞋柜上的手机响了，是有短信进来了。陶安立刻从沙发上站起。我火了，说："不许去。"陶安站住了。又一条短信进来了。陶安一脸焦急，拿眼神哀求着我。如果我们是同父同母的亲姐妹，我想我会扇她的。因为我们隔着两层肚皮，又有着长久的生疏，我只能跟她保持客气。她是让人生气的，荒唐无知得令人生气，自轻自贱得令人生气，头脑简单得令人生气。一连有四条短信进来了。她立在沙发边上像一只得了狂躁症的狗。她叫："姐。"我说："给我坐下。"她没有坐，她说："大庆今天会来武汉的。他说他有个表姐在汉正街做服装生意，他来给他表姐帮忙。他说等他安顿下来了，就会接我和龙龙过去，他还要给龙龙找幼儿园呢。"

我说："对了，你跟那个林大庆，林大庆的爸妈知道吗？同意吗？"

她又不作答，低下头又去抠指甲了。哼，用屁股想都知道人家父母是不会同意的，一个正经人家，怎么会允许自己的儿子娶一个二婚媳妇，还带着一个拖油瓶呢？贴钱贴米替别人养儿子？她跟林大庆怎么会有结果？这个执迷不悟的蠢女人。这样一张底牌也值得她背叛自己好端端的家庭？

我说："明天龙龙爸爸就来了，你必须得跟他回去，你也必须得跟这个叫林大庆的断绝关系。别怪我没提醒你，我可以明白地告诉你，你选择林大庆那就是自寻死路。到时候过得不顺意，你难道又要离一次婚吗？左一遍离右一遍离，离一次掉一次价，你越发找不到称心的。"

她的气焰终于矮了下来，坐在了沙发上，一脸戚色，两眼盯着厨房的窗户。屋里的光线也暗了下来，有了一大片的阴影，我们在这一片阴影里僵持着。我的茶冷了，她的咖啡也冷了，那股子烧煳了的苦香气还氤氲着。

这时躺在鞋柜上的手机响了，是庞龙的《两只蝴蝶》："亲爱的，你慢慢飞，小心前面带刺的玫瑰。"陶安从沙发上弹跳而起，像革命者听到党的召唤般，箭步冲向鞋柜捧住手机，急急地贴在耳朵上，"喂"了一声后，就泪如雨下。她对着手机急急地说："不是不是不是，不是的，你听我解释。"陶安朝我看了一眼，显然她是在忌讳着我，有我横在客厅里，她不知道该怎么跟电话那头的人解释半天不回信息的原因。

我忍无可忍，将烟头狠狠地摁熄在烟灰缸里，然后转身进了卧房，将门重重地摔上。去他娘的两只不要脸的蝴蝶，一对狗男女。我像一只斗败的公鸡，落魄地坐在床头。窗外暮色四合，许多窗户里都亮起了灯。各种颜色的灯，白的、红的、黄的、紫的、蓝的。很多个夜晚，我都是立在窗户边欣赏别人家的灯光来打发漫漫长夜的，直到这些灯光次第熄灭，直到深夜来临，直到这座城市停止骚动，我才肯倒床睡下。我自己都不知道我如此固执地立在窗口，是在渴盼什么，我只知道年纪越大，我越难对抗这可怕的、深沉的、寂静的长夜。

现在我立在窗口等待对面楼里亮起一盏又一盏灯。

四

我听到客厅里传来咚的一声响，接着是龙龙的哭声。我开门出去发现龙龙从沙发上掉下来了。我叫陶安，没人回答。我将灯打开，客厅里没有人，鞋柜上充电器还在，但手机不在了，那线如孤魂野鬼般吊在插座上。我推开卫生间的门——空的，厨房——空的，阳台——也是空的。这个女人握着手机出去了。

我抱着龙龙给他揉脑门儿，他哭着要妈妈，我不知道该到哪儿去找他的妈妈，我只能任他哭喊。他终于停下来了，他说他饿了，又要看电视。我帮他摁开电视，然后就到厨房去了。我不知道该给他做什么吃，我压根儿没心思弄吃的，胡乱打了两个鸡蛋给他蒸上。我不知道陶安要带给我什么样的日子。从早上出发到车站接她到现在，我有种深深的疲倦感、挫败感、乏力感、无助感。我只希望她能快点儿离开我这里，任她去嫁狗嫁鸡。

“姨妈。”龙龙在外面叫我。

我出来问：“有事吗，龙龙？”

“我要尿尿。”

待我牵他的手打算领他去卫生间的时候，我发现地板上有一摊水，我伸手摸他的裤子，他裤子已经湿了。

小东西自己觉得不好意思，低下头一个劲儿朝我怀里拱，小脑袋拱得我怀里热腾腾的，我的内心一瞬间像棵水草一样柔软，像是有什么东西要融化似的。我望向墙边的几个行李包，问：“龙龙，妈妈给你带换洗的衣服没有？”龙龙点点头，指了指那个红色的帆布包。我过去打开拉链，在里面翻腾出一条小秋裤、小绒裤和小仔裤，那条褐色的小仔裤被什么钩住了，拽了几下没拽动，我便将上面几层衣服都扒了出来，原来是线头被相框的金属扣给夹住了。我将线头从金属扣里绕了出来，顺手将那个相框翻了个面。忽地，我的心颤了一下。

这是陶安自己做的一张全家福，她和她妈妈还有父亲是一张照片，我是一张单人照，在这两张照片的空隙里，陶安用水性笔画了一只手臂，看上去仿佛这只手牵着我的手。这张照片里陶安大约才十岁，而我已经二十七岁了。我从她生下来就开始当她不存在，而她却一直伸手将我牢牢地抓住。这黑色的一只手臂，有蛛网的效果，网住了我陡然生出的温暖。我想这一定是父亲教育的结果，是父亲将我这个姐姐强行推进了她的骨血里。

我将这相框放回原处，这也许是陶安的一个秘密，我不想让她察觉出秘密被发现的痕迹。拉上拉链的时候，我的心有种被填满的感觉。

我将怀里的这团热烘烘的肉抱到卧房里，给他换上干净的裤子。我用手挠他的脚板，令他笑着在床上滚过来滚过去。这个香喷喷的小人儿，我猛地抱住他，在他脸上亲了一口。心里有一闪念，如果父亲和奶奶在，看到这个小人儿会是怎样的光景？一定是欢喜的。一时间我的眼里有了些湿气。我拉开梳妆台的抽屉，将昨天买的麒麟锁拿了出来，戴在龙龙的脖子上，银器在灯光下闪现出亮白的毫光。

客厅的门被推开，陶安进来了。她穿着一件掐腰的红呢子大衣，白毛衣，黑色铅笔裤，脚下的高跟鞋，锃亮的。眉毛画过了，眼线描过了，嘴唇估计也是画了的，只是那抹红残了、淡了，是她吃东西吃淡了，还是有东西吃她吃淡了，我不好猜测。而且她回来并没有急着给手机充电，证明不是出去打电话了。看样子，那人也没有给她带来什么好消息，从她推门进来时那副夹着尾巴做人的样子，我就知道她今天晚上是无法在我面前斗起狠来。她还得选择在我的屋檐下低头。我忽然想对她好一点儿。

我问："林大庆来武汉了？"

她说："嗯。"

我问："他跟你怎么说的？"

她说："他跟我说他先去找他表姐，先帮他表姐干活儿，然后再找住处，把我跟龙龙接过去。"

我问："你吃过饭了吗？"

她不作声。过了一会儿，她说："不饿。"

呵呵，不饿。我心里冷笑。怕是他连请你吃碗热干面的钱都掏不出吧？

她说："他是打破了家里的窗户逃出来的，手上被玻璃划了好多道血口子，他是央求他做物流的朋友，睡在装货的车厢里来的武汉。他也是不容易。"

我说："你容易？"

她去了趟洗手间，然后她问我："你们这儿附近有洗浴中心吗？我想找活儿干。空玩儿，心里总不踏实。"

我从她的话语里揣度出了她经济上的拮据，刨一爪吃一爪的人是不能闲的。我的心又软了一下。在这个世上，漂亮的女人都有大树可以背靠着乘凉，她没有，她还得伸长手臂去为别人遮风挡雨。我忍住自己的情绪，决定不再责备她。我说：“附近倒是有几个，明天再说吧。”

她很急的样子，说：“洗浴中心大都是晚上生意好，现在去吧，还可以看下客流量。”

反正都还没吃饭，刚好去外面把肚子的问题解决，我便同意了。她在抱龙龙的时候发现了龙龙的脖子上戴着的银麒麟，问龙龙：“这是谁给的？”龙龙说：“姨妈。”陶安朝我笑了笑，说：“谢谢姐。”

陶安不肯在吃饭上浪费太多时间，我便在一家洋快餐店里买了三个汉堡和鸡腿出来，边吃边走。

记忆中左边靠长江大桥那条街上有几家洗脚城和洗浴中心，街上有点儿冷清，一副城管光顾过的景象，往常像这个时候，街两边都有摆地摊和卖烧烤的，很是热闹，我还打算给龙龙买把玩具手枪的，这点儿小心思落空了。路上她跟我说起她跟林大庆的事儿。她说她结婚后，她老公就没有在洗脚城做事了，田文军觉得一个男人在洗脚城成天给人捏脚不是长远之计，便寻思着做生意。起先是卖烧烤，每晚推着铁皮炭车在街角旮旯卖烤羊肉串和鱿鱼串，烟熏火燎的赚不了几个钱还成天被城管追着屁股跑，烤了半年这买卖也就黄了。后又盘过一家洗脚城门面，不到半年赶上拆迁，一夜间店门口砌出一堵墙来，然后各种建筑垃圾横在店门口，一桶桶泔水和馊饭往店门口倒，成天苍蝇成堆，谁还来洗脚？找拆迁办讨说法，拆迁办的说这条街的门面早在一年前就把拆迁赔偿款给付了。去找之前的门面老板，打手机已停机，拿了当初的合同上签的名字和身份证去派出所查，结果是查无此人。被骗了。后来，田文军就死了在城里混的想法，回郧县老家农村去养鸭子。买了两百只鸭苗，每天背着一根竹竿，沿着河滩放鸭子，卖鸭子，卖鸭蛋。头一年小赚了几个钱，尝了甜头，第二年买了四百只鸭苗，结果遇上禽流感，他的鸭子被当地政府挖了个大坑给一齐活埋了。白忙活了大半年，可是田文军却对放鸭子上了瘾，一心一意在老家做他的鸭倌。田文军隔三岔五地就打电话给她，讲话的声音都跟鸭子似的，嘎嘎嘎，他总是不断伸手向她要钱，鸭子走瘟症看病要钱，修鸭舍要钱，把鸭子运到集市上去要钱，钱钱钱。

那时陶安就在我们县城的洗脚城里给人捏脚，县城消费低，捏一只脚三十元，店家得二十，捏脚工得十元，捏一只脚要一个小时，蒙店家照顾，有了生意尽量点她的钟，但一天也就差不多捏十个脚。捏脚是力气活，一天捏十次，劳动量就算大的了，一个月也就三千来块钱。当然，还是有外快的，洗脚的时候如果向客人成功推荐了洗脚用品是有提成的，这些加起来，一个月差不多就有了五千来块，这些钱除了糊自己一张嘴外，其余的都被田文军给要去了。

陶安说这些的时候不自觉地叹了口气，那气叹得无奈也叹得沉重。她说她每天十个手指头泡在水里给人洗脚、搓脚、捏脚，是希望能多存点儿钱，以后寻思着在那个地方再开个洗脚店。可是自己每每攒着攒着就被田文军一筷子夹了。她说：“那些钱装在口袋里跟自己的亲人一样，被人一下子拿走就跟在我身上挖个坑一样。他拿这些钱投鸭子，还拿这些钱修他老家的房子，外面贴的瓷砖，里面铺的地板，热水器、空调什么的都装了，说是为我装的，可我一年能住几天？而且我们将来要在城里做生意，肯定就得在城里买房子，把钱投在老屋不等于是打水漂吗？可是我跟他讲，他就说我小气，他说他爹妈养了他，如今他爹妈老了，把房子弄好让两老享享福又怎么了。每次吵架，龙龙就会在一旁哭，他害怕我们吵架。为了不吵架，我只能尽量少回家，眼不见心不烦。

“林大庆其实是我们店里的一位客人，以前我们开店子的时候他就经常去照顾我们的生意，田文军也认识他。后来，田文军回去养鸭子了，我另寻出路，他又赶着过来点我的钟，每晚都来，因为是熟人我也很喜欢给他洗脚，捏脚的时候两人说说话挺自在的。再后来，我给他捏完脚了他也不走，就坐在一旁看电视，等我下班，我如果上夜班的话下班是很晚的，他守得哈欠连天，叫他走他就是不走。有段时间回家的路在重修，把路灯的线挖坏了，晚上黑灯瞎火的，加上是背街的路，很冷清，一个人走心里还是有点儿打鼓，亏了林大庆每天晚上都把我送回到我住的地方，刮风送下雨也送，有一次还真遇到了两个小混混。其中一个亮出一把明晃晃的匕首要我们把钱包交出来，我当时吓得不行了，准备把钱包给他们的，钱包里是刚领的五千多块钱的工资。林大庆跟那两个小混混打了好半天，才把那俩人打走。人心都是肉长的，人家在我面前连命都可以不要，我还能说什么呢？何况我还是很喜欢他的。”

我没有说话，一路上都是她在说，我在听。身后的路灯将我们的影子拉得很长，陶安个子并不高，而且瘦，肩膀窄，看起来人就显得很单薄，这样一副肩头上却压着整个家庭的担子，公公婆婆丈夫儿子还有那些数不清的鸭子也问她要吃的。

到了一家洗脚店了，这家店门脸不大，招牌也不怎么显眼，一圈儿 LED 小灯安装得抠抠搜搜的，不过门前还是有招聘的公告，急聘洗脚技工。我从来没有来过这种地方，在我眼里这种地方都有藏污纳垢的嫌疑。我抱着龙龙陪着陶安一起走进去，有服务生鞠着九十度的躬请我们上楼，像没有解放的农奴。我为我的口袋支付不起这样的热情而感到胆怯。我连连说：“我们不是来洗脚的，是来找工作的。”小伙子就显得有点儿冷漠了，他把我们带到了旁边一间房，叫了声：“吴经理，有人应聘。”那个吴经理从电脑上的扑克牌上抬起头来，问是谁找活？陶安说：“我。”油光满面的吴经理顿时像太监似的冲陶安欠了欠身。陶安坐在沙发上动也没动。她不是在求职，是职在求她。不像我找工作，处处都是爷。吴经理问她："做了几年了？"陶安说："五年了。"吴经理满脸堆起笑来，说："好好好，是老技师了。"陶安问："你们这里工资怎么算？"吴经理说："客人洗脚是一个小时，收费是四十，技师抽十五元，推销产品的另外按照推销价格提成。"趁陶安转眼珠子的当儿，吴经理又赶紧说："我们这里有的技师做得好的话，一个月六七千的都有，其实像你的话我建议你可以到洗浴部做泰式按摩、日式按摩，你如果不会，我们可以教你，保证你两天就能上岗。做按摩一个小时是一百五十元，技师可以抽五十，份子钱高一些，赚得就多。"那个吴经理说完后笑眯着眼，一脸期待地等待着陶安的意见。我虽然没有做过泰式按摩，但是混在城市里，总还是有所耳闻，有时候单位的男同事互相帮了忙，就会在下班后把手搭在肩上，说："走，我找个漂亮妹子给你按个摩。"说完还嘿嘿地笑，男人只有在说到下半身的乐趣的时候才会有那种笑声。我将头埋在龙龙衣服后面的帽子里，我跟那个吴经理一样也在等待陶安的回答。我心里给陶安算了一下账，如果她选择做按摩，一天五百的收入应该是没有问题的，那她一个月就可以拿到一万五千块，可以轻而易举地成为城市里的高收入人群。这是很有诱惑的。大约五秒的沉默后，陶安很清晰地回答了吴经理，她说：“不。”

我们又去了另一家，这一家阔气些，门前有对石狮子，大厅里装修得金碧辉煌，看上去很高档的样子。同上一家一样，依然是巴结讨好的经理，冷漠淡然的陶安，说到底，这还是风月场所，漂亮是能换饭吃的，像陶安这样标致妩媚、浓妆淡抹皆相宜的女人那就是棵摇钱树。我刚开始以为陶安的工作会很难找，现在才知道，像她这样的无论走到哪儿都饿不死的，只要这张脸还在。在这里，那位管招聘的经理同样劝陶安到洗浴部，这里的洗浴部，泰式按摩、日式按摩是三百块一个小时，按摩师可以抽八十，推销产品另外算，一个月轻轻松松挣两万。陶安依然很响亮地回绝了。往回走的时候，我对陶安说：“你为什么不做泰式按摩呢？”

陶安说：“你不懂。”

她这么说，我立刻就懂了。就算那种按摩会擦枪走火有性交易，可又怎样？只是我不好再说什么。其实陶安不用介意的，我倒希望陶安能去做什么日式按摩、“月式”按摩，钱多呗，这个世界谁还在乎一个洗脚妹的贞节？黄泥巴跟屎在一起，还不如就成了坨屎算了，至少没人敢随便踩。这一行也是吃青春饭的，陶安现在是年轻，可终究会老的，不可能到了三十岁了还去端个洗脚盆给人洗脚捏脚吧。我撇眼看那些角落里受培训的小姑娘，都只有十六七岁的样子，她们眼神生涩，穿着打扮都还流露着一股乡野气，这行里年轻姑娘也如韭菜，一茬接一茬。陶安的出路就是趁年轻多赚点儿钱，为以后的生活不说铺条金光大道，最起码也要康庄大道吧，不能一味地只顾眼前，不为长远的将来做打算。

龙龙已经趴在陶安的背上睡了，我们往回走，彼此再也没有说一句话。风吹着白杨树，一片巨大的哗哗声。

五

第二天，我把家里的钥匙给了陶安，把煤气水电简单交代了一番就上班去了。刚在办公室里坐下，手机就响了，是田文军打来的，他说他已经到武汉了，问我住哪儿？我告诉了他地址和门牌号，建议他坐的士过去。武汉的公交车走在路上就跟跳探戈一样，堵车堵得走三步就得停一下，瞎耽误工夫。我希望他能尽快解决他们的矛盾，好早点儿把陶安娘儿俩接回去。生活虽然不尽如人意，可日子还得过下去，谁的日子不是皱皱巴巴的？对于生活给予人的苦难与痛楚，我已经麻木了。

一夜之间，我似乎对陶安又有了新的看法，从心底里升腾起的那股微弱的亲情忽地就灭了。也许是我与她相隔得太久。一个人到一个人的内心是最远的距离，虽然她近在我的咫尺，可是我与她之间却横着许多个山头，不是她扑面而来就能撞到我内心深处的软肋，那些尘垢在十六岁那年就在累积，累积了二十多年，已成为块垒，岂是一朝一夕就能撼动得了的。虽然随着年纪的增长，我的内心有了柔软的迹象，可那些骨头和棱角还在。我自己也奇怪怎么会是这样。我像一只老龟，背着厚厚的壳，一有动静我就把头缩回去了。这世上没有什么东西值得我信任。

晚上我选择了加班。我想象陶安、田文军、龙龙一家三口此刻坐在我的沙发上，看着客厅里那台电视，电暖炉开着，小点心吃着，小茶喝着，我虚构的这景象令我有点儿沮丧。我把手机从包里拿出来看了看，没有未读的信息，也没有遗漏的电话，我不知道他们此刻在干什么，我将手机放在办公桌上。那一刻我希望有人来打扰我。偌大的办公室人去楼空，透明的幕墙玻璃杀死了外界的喧嚣，室内有种真空般的寂静，那些绿萝和散尾葵一副千年不变的样子立在角落里，哪儿哪儿都是安静的。在一切都静止下来的时候，我有种强烈的孤独感，我觉得我被抛弃了，我被人遗忘在这个死角里。我折回办公桌旁拿起手机，在通信录里翻着号码，从头翻到尾，却找不到一个可以说话的伴儿。这些年我从不主动去联系一个人，我对人有种恐惧，感觉人善变又无耻，自私又狭隘，他们接近你的时候什么大话都敢说，背叛你的时候什么事都做得出来。三十八岁的年龄对于一个还是处女之身的女人来说接近是讽刺了，当初蝶啊蜂啊都飞走了，那些被金钱污染的男人觉得跟老女人上个床，是一种恩惠，是瞧得起你。他们言之凿凿："这世上就没有钱砸不开的女人大腿。"大抵像我这样的老处女不值得他们砸很多钱，大抵我觉得我的大腿不是光靠钱就能砸开的。在这个喜欢吃快餐的时代，我这双有很多奢望的大腿已经不能引来男人的兴趣了。

夜幕降下来了，玻璃幕墙外灯光璀璨，各种高层建筑的装饰灯、路灯、发光字、各种招牌、广告牌、马路上来往车辆的车灯，这些光有的结成同谋，有的结成仇人，有的抱团，有的厮杀，在城市的各个地方血流成河，到处都是光的尸体。我将头贴着玻璃，看着这个光尸遍野的城市，想起了我曾经生活过的栽满野菊花的小院子，会想起父亲母亲，那些曾有过的欢乐的时光。可是它们都被父亲生出的二心扼杀了。这些年过去了，其实我对父亲的恨已经消失了，可当年的残垣断壁还在心里，堆成了荒冢。

陶安没有打电话也没有发信息，我想他们一定已经和解了。这样的事只要一个肯生出海量的包容就行。毕竟有孩子，毕竟是个家庭。我决定回去，我没有理由不回去。

出了门才知道下雪了，这是武汉的第一场雪，雪飘得不大，稀稀拉拉，但寒意很浓。走了半个小时才到自家楼下，我仰头一看，我家的窗户有灯。这是十多年来的头一次，这光令我心头生出暖意。

推开门，客厅里坐着一个穿蓝色羽绒短装的年轻男子，他正对着电暖炉烤鞋垫，屋子里一股脚臭味。不见龙龙和陶安。那年轻男子站起身叫了我一声姐。我说："是田文军吧，你好。坐吧。吃饭了吗？"

"吃了，在家里做的，给你留饭了，在锅里热着呢。快去吃吧。"

我问："他们呢？"

田文军说："龙龙在睡觉。她？她吃完饭就拿着电话出去了，一直到现在，鬼知道她在干什么。"田文军很是不满。

我皱了一下眉头，她准是跟那个叫林大庆的人联系去了，外面下雪了也挡不住。这个着了魔的女人。我对田文军歉意地笑了笑，他很木讷地向我点了点头。我不饿，所以不着急吃饭。我坐在他对面的沙发上。电暖炉高档的光映照在他脸上，烤得他的脸红红的，这个小我十多岁的小男人眼角和额头居然有了深深的皱纹，两只眼角的鱼尾纹和眉间的川字纹如石刻一般。他的身上隐隐藏着鸭毛的腥味儿，他的眉头锁着，嘴唇噘着，仿佛鸭瘟都染在了他的脸上。我尽量不去看他的头顶，因为我总觉得他的头顶闪着绿色，我替他心虚。

那只电暖炉他一个人霸占着，丝毫没有谦让的意思。我的双手在他面前搓动，他依然纹丝不动。他把他的鞋垫在暖炉的钢罩上翻过来翻过去，让我感觉他的内心一定也在翻过来翻过去。

虽然我不喜欢他烤鞋垫烤出的脚臭味儿和他身上夹带着

的鸭屎味儿，但我不能表示出对这种臭气的嫌恶。这个新时代的鸭倌，想着他染了瘟症的鸭群和他头顶的那顶绿帽子，我从心底对他生出一种同情，也生出一份歉疚。

我坐下来不知道跟他聊些什么，但又不能不说话。我说："听说你在养鸭子？""嗯。"他答应了一声，接着便跟我谈起他的养殖发财梦，一副受传销蛊惑的狂热。他说他是他们村里最大的麻鸭养殖户，养了上千只鸭子，村里镇里都把他当作养殖致富的典范，县里、市里、省里来了检查组，镇里一般都会把他的鸭棚作为一个实地参观点，有时还会在他家里安排一顿便餐，宰杀几只活鸭吃吃。村里规定他接待检查组、接待领导的鸭子得跟其他鸭子分开来，不能用饲料，得用青菜和谷子喂养，现杀的土鸭配上乡里的柴火大灶，爆炒或清炖，那味道自是没得说，连烟道里走出的烟都是香喷喷的。乡里对他的感谢也就是到年底会用车给他拖几箱好酒好烟好茶和水果，村里人围在车跟前，你一嘴我一嘴地替他清点着礼箱，米几袋，油几壶，烟几条，茶几盒，人群里总有人发出羡慕的啧啧声，他们都觉得狗日的田文军有板眼，出息了。田文军觉得自己成了体面人，觉得自己跟乡里的头头们都有了交情，再也不是当初给人端洗脚盆给人捏脚的底层技工了。这几年他养鸭子养上了瘾，死了买，买了死，他从未在鸭子上面仔细算过账，但是人们看到的是，他家的老房子推了，盖了新楼，还是仿照城里别墅的样子盖的，里面电话、空调、热水器、液晶电视、笔记本电脑都有，从裤兜里掏出的手机也是时下最潮的苹果，俨然一副劳动致富的模范典型。田文军不断跟我讲他见过县里市里甚至省里谁谁谁，有谁谁谁在他家里吃过饭，跟他握过手，仿佛知晓很多事情的门道。看他环视我屋子的神情，似乎对我蜗居在这样一栋格局老旧的二手房里很是瞧不上眼。

我有些气短。对于出嫁的女儿，娘家是她背后的一座山，我和我这个破屋子显然不能为陶安撑起多大威风。我从抽屉里拿出一盒烟，给田文军让了一支，我自己点燃一支。有些事我得琢磨琢磨。

田文军在我面前数落起陶安。他说："姐，你真不知道陶安有多懒，每次回到家里什么事都不做，睡觉睡到被窝冷了才起来。我爸妈这么大年纪了还来伺候她，给她做饭洗衣，这都不说，她还挑挑拣拣，这也嫌不好那也嫌不好，我爸妈吃了亏还讨不到一声好，不知怄了多少冤枉气。"他吸了几口烟，人有了神，说起陶安的不是来越发有劲儿了。他说陶安就是只瓷器夜壶，只管好看，并无多少用处。田文军还说："当初娶她的时候，陶安没有要什么彩礼，还以为自己好福气白捡了个漂亮媳妇，现在回头一想，这世上的东西便宜无好货。她现在在外面做事，每月都有活钱，可她掌中带缝是个漏财货，花钱大手大脚，随便买件衣服就好几百，买个擦脸的香香也是好几百，结婚这么多年了，就没存下几个钱。这都算了，她居然还不把我当人，给我戴顶绿帽子，不是看在孩子的分上，我才不想受这窝囊气。我现在低头了，她还尾巴翘上了，欺负人也不能这么欺负吧。离婚能吓唬谁？我一男的我怕离婚吗？姐，你说，现在这世道，有几个男的怕离婚？”

我默不作声，我不知道该如何回答。如今，稍微有点儿本事的男人离婚了找的全是比自己年轻十几二十岁的女人，年龄差距越大越荣耀，显得自己多有能耐似的。而离婚的女人确实是不好找，带了孩子的女人更加不好找。找个条件好的，人家不干，找个条件差的，自己吃亏。离婚的女人就是碗夹生饭，带着孩子的女人更夹生。田文军烤完鞋垫，索性将双脚从拖鞋里伸出，直接踏在钢罩上，一点儿也没有乡下人走城里亲戚的拘谨。田文军还在继续追问我，我只得嗯了一声。他说：“更何况陶安找的是那样一个人，比我小两岁不说，而且还是个小混混，又没正经工作，一天挣的钱不知道能不能填饱肚子。他哄了你妹大半年，没送过你妹任何礼物，估计你妹还得倒贴人家。她现在是灌了迷魂汤了，你是旁观者，你想想，她不要我了，她跟他就能有个好结果吗？”

我叹了口气。田文军分析得也正是我对陶安的担心。朝目前来看，田文军虽窄，但毕竟是条路，林大庆就是条死胡同。她只能待在原处维持一个完整的家庭。

我虽然讨厌这鸭倌，可是我还得跟他站在一条道上。

听见敲门声，是陶安回来了。她穿着一件白色的棉袄，围着一条红羊毛围巾，裹着一团冷气走到沙发旁，叫了我一声姐后就坐下了。她将电暖炉转了个方向，然后将手贴上去。她的手僵硬发乌，定是冻僵了。她的脸上带着些怒气。她问田文军："龙龙呢？"田文军说："睡觉。你还晓得回来？"她白了他一眼，说："不要你管。"田文军的牙齿在下嘴唇上咬了咬，颧骨都暴起了，但最终还是塌下去了。陶安起身将电暖炉的插头拔了，插在电视的插座上，这样绳子就留出了很大一段空余，她将电暖炉提到靠我这头的沙发旁，一副坐都不愿挨着他坐的样子。那是一种从肉里面生出的讨厌。

田文军将双手在脸上搓了搓，又挠了挠头，他在极力控制他的火气。陶安的电话又在响，是条短消息。陶安掏出来看的时候，田文军一把将手机夺了过去。陶安尖叫起来。田文军看了那条短消息后脸上的肉就垮了，胸部一鼓一鼓的。他的手指在屏幕上划了一阵，然后将电话放在耳旁。陶安吼道："你干什么？"上前便要去夺手机。田文军胳膊一甩，陶安就跌在了沙发上。陶安小小的个子在田文军面前就如一根柴火棒。手机通了，田文军骂了起来："林大庆，我 × 你老娘。"田文军的胸部像打气筒似的一起一伏，他说："林大庆，你个小卵子，你搞我老婆，你他娘的搞我老婆，你他娘的欺人太甚，你还想怎样？"从手机侧漏出的外音听得出林大庆也在叫嚣，也在骂娘。像一把刀砍在另一把刀上，都是硬邦邦的哐哐声。田文军冷笑一下，说：“行啊，林大庆，有种你给老子过来，信不信老子一刀捅了你。老子一刀捅不死你！”陶安再次从沙发上起身去夺田文军的手机。她大声呵斥田文军：“你要干什么？你把手机给我。”田文军朝陶安横了一眼，眼睛眯成一条缝，缝里透出一股辛辣气。他推了陶安一掌，那一掌推得陶安连退好几步，最后撞在卧房的门上，弄得哐当一声响。陶安不由得叫了一声。田文军忽然咆哮起来：“你丫的，你去死吧。”啪的一声，将手机重重地摔在了地板上，手机壳散了，电池和卡掉了出来，一些零碎件也都溅出来，满地打滚。

陶安咬着嘴唇，很委屈但又极力憋着的表情，她看田文军的眼睛像两只烧红的炭棒，一副恨不得吃了他的模样。她走过去将手机和电池捡起来，把手机卡安在卡槽里，电池装上去，准备合盖的时候，田文军一巴掌打下来又将手机打到了地上。陶安怒了，她挥舞着手臂，拳头雨点儿般地砸向田文军。

我坐在沙发上冷冷地看着这一切，就像我平日里立在窗帘后面看别人家的灯火一样。我心里如溃口一般涌动着各种心思。我恨着陶安，希望她能得到点儿教训，可是我又不愿看到她如此被人踩到脚下，欺负到头上，毕竟丢的是陶家的脸。我看不惯她的丈夫，可是我得跟他结成同盟，将一个破碎的家庭捏圆，我们得压制陶安，牛不喝水强按头，要将这个犟女人制服。有了孩子的女人怎么着都得为孩子想想。其实这两天也有亲戚给我打了电话，叫我劝陶安，亲戚们都觉得这事是陶安错了，是陶安不守妇道，偷人这么败坏门风的事还做得那么大张旗鼓。还有亲戚说得更难听，说陶安跟她妈一样都是只顾下面那张嘴快活的。他们将陶安贬损得如一块抹布。我多么希望父亲还活着，活着看到他的小女儿如此遭亲友唾弃和谩骂，看他因自己的不自重，生生毁掉了他手掌心里的两颗明珠。哈哈，父亲。我的心里一片悲凉。

一个人的心意得不到成全，反而受到巨大的阻力，而且这些压力都打着是为她着想的旗号，那么这个人的心里该有多么暗伤。

人生有许多说不出的疼痛，我也想让陶安尝尝。我坐在沙发上一动不动地看着这场戏。当年她母亲怀着她跪在我母亲的脚下，虽然痛哭流涕，可那实际是不达目的不罢休的霸道，那就是一种欺负，欺负我母亲相貌平平，欺负我母亲没有文化，欺负我母亲配不上父亲，拆散我父亲与我母亲的婚姻，拆散了我的家庭。现在，我竟觉得这是报应。那么就扭打吧，打吧，打得头破血流，打得你死我活。人活着，哪有那么多的称心如意。

我突然十分恶心这对用力厮打的夫妻。他们货真价实地你一拳我一脚，让我窥探到了婚姻的肮脏与丑恶，当年的耳鬓厮磨转眼就到了鱼死网破。这个世界到处都是背叛与出卖。

我的内心涌起一阵悲凉与寒意。我起身回到卧室，将这个战场留给他们，今晚如果要出什么事就出吧，人生有时候需要用悲剧来给人一点儿教训、一点儿警醒，不能活得太随心所欲，不能活得太跋扈嚣张。

我推开卧室的门，看到床上的被子中间处鼓出了一个包。我掀开被子，看见龙龙穿着一套薄绒衣像虾子一样蜷缩着，躲在被子深处流泪。被子里热烘烘的，却又带着潮气，我闻到一股异味，再看龙龙身下一大片湿痕，他尿床了。我叫了声龙龙。龙龙忽然爬到床头，将头埋在枕头下。不知道为什么，我的心忽然被拧成一团，有一种满满的疼，像是有什么利器划过了我的脏腑，我的心间荡起一阵一阵涟漪。我无法再坚硬。这可怜见的小东西，这么小就懂得了默默流泪。我记得我父亲与母亲离婚那天，我就把自己锁在小屋里哭了一整天，也是跟龙龙一样，藏在被子深处，觉得铺天盖地的黑暗才是一种彻底的安全。龙龙这么小就知道向黑暗寻求保护。

我将龙龙抱在怀里，他软软地任我摆布，像一只温驯的小羊羔。在床上的被子垫单和棉花毯统统换过后，我将这只小羊羔塞进羽绒被里紧紧裹住。听着动静，外面似乎没有舞刀弄棒了，改成了唇枪舌剑。每一次外面的声响稍微尖锐些，龙龙就习惯性地将头往我怀里钻，他小小的身子在被子里瑟瑟发抖。我问龙龙："龙龙，你害怕吗？"龙龙轻轻地点了点头。龙龙问我："姨妈，爸爸妈妈为什么要生下我？"龙龙的这个问题问得我喉头一阵发哽。父母相爱生下孩子，这样的关系以前在我看来是天地间最牢不可破的关系，是最可信任的关系。以前上街时，我一手牵着母亲一手牵着父亲，走每一步内心都是满足的、踏实的，我可以在那两只手给予我的天地里任意撒娇任性，他们会为我遮风挡雨，我从未想过会有一只大手要撤离，仿佛大厦被拆了一面墙。我被父亲抛弃了。抛弃是这个世上最残忍最不负责任的一件事。它会摧毁一个人对生的所有希望，它会让一个人觉得这个世界是如此的冰冷与阴暗。那种冰冷与阴暗会刻在一个人的心上。我清楚地记得我就是那一年学会了抽烟，除了以这种堕落的方式宣泄恨意外，最主要的是那一闪一灭的红光能为我带来些暖意。

“龙龙，爸爸跟妈妈要是真过不下去了，你是选择跟爸爸还是选择跟妈妈？”

“我要爸爸跟妈妈在一起，我不要他们离婚，我不要他们离婚。”

龙龙终于大声地哭了起来。

田文军和陶安一齐推开卧室的门，他们都奔向龙龙。田文军摸了摸龙龙的头，说：“儿子，怎么啦？告诉爸爸怎么啦？”陶安霸道地将田文军一掌推开，说：“滚，少碰我儿子。你这个疯子。”

我忽然气往上撞，陶安是非要让这个家散了不可。田文军似乎是彻底地被激怒了，他的牙齿在嘴里咬得霍霍作响。

我感觉到田文军即将手下不留情了。他的手正在他的大腿处握成拳头。我跳下床去，给了陶安一记响亮的耳光，那啪的一声脆响，镇住了她也镇住了我。陶安捂着脸看着我，那双眼睛在一瞬间里依次汹涌出震惊、委屈、愤怒、恐慌、隐忍、怨恨。在这双眼睛的注视下，我的心像打鼓一样地狂跳，我的腿也在发抖，我的手掌心里一阵阵发麻地痛，我下手重了些。我到底是心虚，难道这一巴掌里就全都是为了息事宁人，就没有我自己的一点儿私心？我似乎一直就有想揍这女人一顿的冲动，想给这个女人一点儿颜色看看。

我如此费尽心机地扇了她一巴掌，可是我一点儿也没有多少快感。看着她那恓惶无助的眼神，我竟对自己生出些嫌弃来，我看到了自己藏在深处的卑鄙与丑恶。田文军算是识趣，出去了，在我扇了陶安一巴掌后，我瞥见他握着的拳头松开了，他看到了他妻子脸上的红印，也看到了他妻子眼里的泪水。他似乎是出了一口恶气，面相上平和了许多。他出房门的时候扭过头对我说："姐，你是清白人。"我没理他，我对他没有什么好感。

我给陶安递了块毛巾，她不接，身子也扭到了另一边。

我说："你刚刚也太霸道了，你激怒了他，他拳头都握紧了，我不跳起来打你一巴掌，今天怎么收场？"

我再次将毛巾递给她，她迟疑了一会儿还是接了。她果然好哄。听学校里好多老师说父亲很是疼爱这个小女儿，经常是乖啊宝啊地叫，动不动就将她捉住然后一把搂在怀里。父亲从未这样待过我，他从未给过我怀抱也从未叫过我乖啊宝的，他一直都称呼我“陶平”，只在写信时称呼“陶平我儿”，流露出了那么一丁点儿亲昵。我是有些吃醋的。那些年与父亲长久地对峙，不肯去见他，多少也为这醋劲儿。现在面对陶安，我竟也生出些欢喜，一个心思单纯的人减轻了人的许多压力，她不会让人背上些琐碎的心理包袱。

夜深了，有了困意。我起身从柜里拿了两床被子给了田文军，田文军很随意地从茶几的烟盒里取出一根烟，用打火机点燃，叼在嘴里吸了一口，吐出一团烟雾。他将被子放置一旁，冲我笑了一下，说：“我成家后还从来没有睡过沙发，呵呵。”他也许是没话找话，想显示出他与我缔结同盟的一种亲密关系。但是这话在我听来很是逆耳，他是在向我说明他在婚姻中的地位——他是很男人的，他是永远睡在床上的。我淡淡地说：“那你今天就睡睡沙发吧。”

六

次日早上我们刚醒来，就听到敲门声。田文军在门外说：“龙龙，爸爸走了啊。”陶安朝我看了一眼，然后立刻坐起说：“你去哪儿？”陶安穿上羽绒服走出房间。陶安说："你得把龙龙带走，龙龙跟着我，我无法上班。"田文军说："你想得美，你不就嫌龙龙影响了你跟野男人约会吗？你把我当苕？"陶安说："龙龙又不是我一个人的孩子，你带龙龙走又怎么啦？他总要上学吧。"田文军拍了拍衣服说："我管他上学不上学，耽误他的是你不是我，你搞清楚，你这个烂女人。你当初做这种事的时候，你就应该想清楚会有什么样的结果跟麻烦，你去找野老公快活，让自家老公看孩子，你也太能损人了吧。"陶安说："你如果是个男人，那就干脆点儿，离婚。"田文军冷笑起来，说："离婚？成全你？呵呵，我告诉你，就不离，我拖死你，要离也可以，给我三十万。"陶安显然是词穷了，她不知道该说什么，她只是一味地说："好笑好笑，真是好笑。你真是不要脸，太不要脸了。"我忽然听到一声巴掌拍桌子的声音，然后田文军咆哮着说："你个婊子养的，你说谁不要脸，谁不要脸？你他妈的才不要脸。你信不信，老子现在就把你捅了。"

龙龙被吵醒了，他听到了外面的叫骂声，像一只泥鳅一样钻到了被子里面。我披着衣服赶紧出来，对陶安说："龙龙醒了，你去给他穿衣服吧。"陶安听话地进来了。田文军站在沙发旁还处在脸红脖子粗的愤怒里，头发蓬得像鸭毛似的。他深深地吐出一口气，说："姐，我家里确实太忙，这两天下雪，我怕鸭棚的草不够，我得回去照管照管。我过两天再来，你帮我劝劝她，龙龙还小，不能让他没有爸爸或是妈妈。”

我点点头。我很认同这个道理，无论他们的婚姻有多稀烂，可是为了孩子，他们必须得捏合在一块儿，这世上只有亲生父母才肯为孩子使出真力气。田文军临出门的落魄相让我生出了一点儿怜悯，生在穷乡僻壤里，又想发家致富，早早成个家，想着老婆孩子热炕头的日子，结果东奔西忙，钱没挣俩，却挣了顶绿帽子。倒霉的人。

田文军走后，我回到卧室，时间还富余，我打算好好地劝劝陶安。我虽然没成家，但是我自认看清了男人，男人的一生中不可能只有一个女人，男人是很现实的。我跟陶安说：“林大庆是靠不住的，人家家里不会允许你们，没哪个父母会让自己的儿子娶个二婚女人，还带拖油瓶的。再者林大庆一没文凭二没手艺，没有正经工作，这个世上，钱是安身立命之本，现在是新鲜，你挣钱贴他没关系，天长日久你贴得起吗？还有就是年龄，人家比你小两岁，二十来岁，懵懂无知，等他将来醒悟了，扔你就如扔一张擦屁股的纸。将来不好，你遭殃；将来好了，你更遭殃。与其将来翻脸，还不如现在就丢开，彼此留个念想。”

我苦口婆心地劝说半天，她横竖不吭一声，只一味地低头啃指甲。我说：“这些你难道都没有用脑子想过？你长得又不差，别人的女人容貌不及你一半的，出个轨，傍个大款什么的，房子车子票子样样周全，你倒好，找这么个瘪三，什么都没捞到，反倒自己倒贴，说出去不嫌丢人？这种事如今也寻常了，偷了腥，人家都知道把肉埋在饭里。你倒好，过个瘾过得世人皆知，还真把自己玩进去了。你要是傍个大款或是当官的什么的也行，好赖将来还靠得住；找个比你还穷的穷小子，为了他把自己的家也毁掉，你以为建个家多容易？”

她的安静让我有种讲述的乐趣。多年的单身生活，回到家就是面对四周冰冷的墙壁，没人跟你说上话，嘴巴都闭臭了，现在你说话，还有听众，这种感觉真的很好。我有点儿停不下来，在数落中，我有了种高高在上、凛然不可侵犯的优越感。忽然她抬起头望着我说：“姐，能把你手机借我一下吗？”

我愣了愣，问：“你借手机干吗？”她不说。这让人很生气。显然她是想跟那个林大庆联系，真是扶不上墙的烂泥。

她低着头啃了一会儿指甲，说：“我想给他打个电话，他一定很着急。”她说着还皱了皱眉头，皱得眉间显出两道深深的沟，两只眼睛里射出急迫的光。

我说：“哪个他？”她有些不耐烦了，但是不好表露，忍了忍，说：“林大庆。”

我忽然就火了。我觉得我方才苦口婆心地劝了半天全白瞎了。我以为她的沉默是臣服，没想到是另一种反抗，人家压根儿一个字也没听进去。我彻底没辙了。

“姨妈，我饿。”龙龙从被窝里钻出来对我说。

“找你妈要去。”我没好气地跟龙龙回了一句。这世上无论什么人都知道蹬鼻子上脸，连小孩子都知道，他凭什么饿了找我，凭什么他找我要吃的，我就得伺候他？

陶安像块木头一样坐在床上，下半身偎在被子里。对龙龙的叫饿声和我的回答置之不理。她似乎想起了什么，扭身从枕头下摸出了昨晚被田文军摔烂的手机。她检查了手机卡和电池，然后长按开机键，可是半天了手机没有一点儿动静。她似乎并没有死心，将手机电池掰下来再按，再掰再按。她真是犟。我从她手里一把夺过手机，然后下床打开窗户，在她恼怒的“你要干什么”的质问中，将手机扔到了外面，很快，下面传来了噗的一声，那是泥水四溅的声音，可能地面上的雪已经融化了。

“你干什么？你要干什么？”陶安瞪着一双眼睛吼我，她终于跟我吼了，她不断地做着吞咽的动作，好像胸间总有东西往上涌一样。

“你个烂货，你还想着那个二流子，这个家你还要不要？早知道你是个下贱坯子你就夹紧你的大腿不要结婚，不要生下孩子。”我气急败坏，恨不得一句将她骂死。

陶安也生气了，她的脸板着像块棺木，她说：“你真是说得轻巧，过日子哪像你说的这么容易，谁长后眼睛了？我要知道跟田文军结婚过个三五年是这个样子，我还嫁给他？我疯了我？可我现在跟田文军过不下去了。你知道不知道过不下去是什么滋味？就是我现在跟他是仇人，他看我恶心，我看他恶心，不是你们说的看在龙龙的分儿上忍一忍凑合着过就可以的，谁能跟粪凑合着过？”

陶安越说越激动，她说：“我们也不是一步就走到今天的，之前我也曾想过回头，跟林大庆的事情被揭穿后，田文军让我辞了工作回他老家去。我到他老家去了，待了三个月，跟坐牢似的。你要知道这样的事出了，没哪个男人会真正接纳的，心里总是有道坎儿，成天在你耳边讲些含沙射影的话，折磨你。包括他的爸爸妈妈也是，把我跟林大庆的事说给他们村里的人听，弄得他们村里的人一天到晚用怪怪的眼神看我，有时候出去走一下，莫名其妙就会有口痰吐在你的脚跟前，有时候甚至是身上。这种日子我能过下去吗？我出轨又怎么了？我偷了人难道就变成畜生了？就该受人作践？我跟田文军过不下去了，你们凭什么要逼我跟他在一块儿？是人都会选择跟自己喜欢的人在一起生活，谁会选择跟自己讨厌至极的人在一起过日子？结婚了又怎么样？生了孩子又怎么样？难道我的权利就没有了？”

陶安说得唾沫星子横飞，两边口角都溢出了口水。她的脸涨得通红，双眼亮晶晶的，仿佛有泪光。她抬起手抹了抹眼睛，虽未洗漱，但依然很标致，即使披头散发也别有一番女人的味道。她继承了她母亲和父亲五官上的优点，好看得让我憎恨。

我没想到陶安也有脾气，发起脾气来是如此咄咄逼人。她说的也不是没有道理，在她咆哮的时候，有那么两刻我的心被震荡了。她没有回头的路，虽然田文军不同意离婚，但这种不离婚也许不是善意的，而是别有用意的折磨，以婚姻当铁链拴住她，然后无休止地侮辱践踏，让她无处申辩。有时候一举杀之并不能消心头之恨，唯有慢刀子拉肉，看人在无尽的痛苦中死去才能消解恨意。

我起床坐在客厅的沙发上吸了一根烟，最后我还是从口袋里掏出手机递给了她。她先头挺硬气，不接，迟疑了一会儿还是接了。她急急地按了一串号码后就下床了。我给龙龙穿好衣服后就将他抱进了厨房，我将昨天的剩菜剩饭热了一下给龙龙盛了一碗，放在桌子上，让他自己吃。他的筷子用得很拙，但我管不了那么多了，我得赶紧收拾好自己上班去。

陶安把自己关在阳台上打电话，她只要一打电话，就进入了忘我的境地，什么都顾不了了。我洗漱完后，她的电话还没有结束。我想到我好像还有一个旧手机，机型很老了，但是接打电话没有问题。我从抽屉里翻出来，将她的卡装了上去，给移动公司打了个电话，还能用。我走到阳台，将这个手机给了她，然后强行把我的手机从她耳旁摘了下来。

她接过那个旧手机，按了按，忽地眉开眼笑，说：“哎呀，太好了，这个手机太好了。谢谢姐。”

我说：“我上班去了，你怎么弄？”

她说：“你去吧，我在家里守着，没事的。晚上我可能就要出去上班了，龙龙还得麻烦你照看一下。”

我说：“这个好说。”

临出门时，我将家里多的一把钥匙给了她。她接过钥匙后，嘴巴抿了抿，一副想开口又很为难的样子。对于她不主动提出的问题，我一般都不选择搭讪。这个女人尽是麻烦，能少一事尽量少一事。在我下了楼梯后，她还是在我背后哎了一声。我扭头问：“怎么了？”她咳嗽了一下，说：“姐，你能借我点儿钱吗？”

我问：“借多少？”

她说：“五十，五十就可以了。”

我从钱包拿出了两百给她，我说：“你先拿着吧。”我钱包里有一千块现金，我本可以给她五百，但是我在数这五百的时候，有些舍不得。我挣钱也不容易，上班盯着单位的财务报表，眼睛都快瞎了，挣的是血汗钱就无法做到出手大方，何况她也是个不懂人情世故的，大老远从家里来投奔我，不曾给我带包糖，我也就不用那么费心招待她。

看得出她想拒绝另外一百块钱，但是她无法拒绝。她将两张钱捏在手里对我说了声“谢谢”。我能感觉那声“谢谢”是从她体内发出的，她真的是山穷水尽了。这两百对于她眼前的日子来说，仿佛一根柴火对抗整个冬天，我后悔给少了。可是我瞬间也为自己开脱了，我不是救世主，各人的罪各人受。

七

有事在心里，上班也是心绪不宁，无法集中精神。在对账目的时候老是出错，盘账的时候总是出现一毛两毛的误差，每次都得重新再理一遍，错多了连对的心里也没底了。我重重地叹了一口气，将键盘一把推到桌子边儿，我起身到茶水间点燃一根烟。不得不承认，短短两三天时间，陶安已经严重影响了我的生活，我很厌烦了，想快点儿将她打发走，无论是她跟林大庆也好，还是跟田文军也好，无所谓。每个人都有命运的安排，一棵草、一颗露水，给她讲了这么多，她听不进去，能怎么办呢？有个高僧说得好，世间没什么放不下的，痛了自然就放下了。每个人的经验教训都是从悲惨的下场中得到的。

下午的时候，我的右眼毫无征兆地跳动起来，一扯一扯的。说给同事听，他们说左眼跳财，右眼跳灾。我笑了笑。这种鬼扯淡的话我向来不信。谈笑间，陶安打来电话，她说她有事出去一会儿，叫我早点儿下班回家，说龙龙一个人在家里。我的胸中立刻又冒出一团火，我说："你有什么事比孩子重要？你要有事出去你把孩子带着啊，他影响到你什么啦？"她急急地跟我解释说："也不要很早，就是正常下班就行了。我把龙龙放在沙发上，电暖炉给他打开了，他只要有奥特曼的碟子看，可以一整天不动。外面太冷了，带上他怕他感冒。"

陶安的说辞像根吹火筒，我已经要被她气晕了。这个女人太疯狂了，太邪门儿了，她一定是见她的奸夫去了。我说："陶安，你这么不要脸，我也拿你没办法。这样吧，你要死在外面了，我答应帮你抚养龙龙，你就去死吧。"

挂了电话，坐在椅子上，我自己都怀疑自己是不是提前进入了更年期。就这几天，我总觉得自己暴躁，胸中总是藏着一把火，一天到晚气鼓鼓的。我把这一切都归咎于陶安，我该她的，欠她的。

想到一个三岁的孩子独自待在我的房子里，我有点儿坐不住了，我被脑子里各种不好的想象恐吓着。那孩子会不会口渴去搬开水瓶，然后被开水烫伤？会不会好奇地将手插在插座的孔里触电身亡？会不会趴到养鱼的玻璃缸里玩水，然后一头栽进去淹死？会不会爬到阳台上从活动的防盗网掉下去摔死？我越想越害怕，对于一个懵懂无知的孩子，谁都无法预料他会有什么样的行为，你说他能在沙发上坐一天他就能坐一天？他是塑料做的？

我只得请假回家。我很少开口请假，请假半天两百块，不是要死人的事，谁往水里扔钱呢。往回走的路上，我不停地诅咒着陶安，她总在我心软的时候勾起我的仇恨，她都不知道怎么利用我内心的那块软肋。交往是相互的，她带来的是春天，我便是灿烂的样子；如果她带来的是冬天，我只能这样冰冷。每个人得到的都是她所付出的。这么深的道理是活得浅显的陶安所不能领悟的。

快到家的时候，我的心莫名慌乱起来，我怕我推门进去会看到一具童尸，我隐隐地似乎希望事情会发展到这样悲惨的地步。我要看这个女人如何收场，看她还怎么风流，怎么去快活。我被我的恶毒给镇住了。上到第五层楼梯时，我看到我家的门是开着的。我的心咯噔了一下，赶紧冲进屋子里，客厅中间的沙发上没有龙龙。电暖炉是开着的，黄澄澄的光射在沙发上，我闻到一股化纤烤焦的味道。我赶紧将电暖炉关掉，沙发上一只银白色的小碟机在被子里，还有一张奥特曼的碟子。我往鱼缸里看了看，又往卧室瞄了瞄，也推开阳台的门瞧了瞧，甚至朝路面探视了一番，没有摔落的痕迹，卫生间也没有人。我叫几声龙龙，没人回答我。我意识到出事了，龙龙跑了，他不见了。

我给陶安打电话，关机。我翻着手机找到陶安早上拨打过的那个号码，打过去也是关机。我脑子里立刻想到，他们用我给的钱开房去了。此刻一定在哪个便宜的旅舍里，在霉味浓重的房间里，在一动起来就嘎嘎作响的窄床上做那个事。我瘫坐在沙发上六神无主，脑子一片空白，我想象不出一个三岁的孩子打开门会跑去哪儿。

空等不是办法，我还是得出去找。

这个小区是老小区，等待拆迁已经等待很多年了。住的人都有些杂，有时候在小区里散个步，从口音里能听出大半个中国来，听到一句两句汉腔算稀罕了。我打算一户一户地敲门去问。我爬上爬下问了三个单元就已经累得不行了，上一步楼梯，腿像灌了铅似的。而且这么多门敲下来，每一次都是摇头摆手，我已经感到希望渺茫了。天大黑了，北风裹挟着长江的水汽从楼与楼的空隙中呼啸奔来，冷得人直哆嗦，不远处的白杨树林随着风发出哗哗的声响，雷鸣似的。居民楼里都亮起了灯光，一些动锅动碗、洗澡擦地、骂东骂西、电视电话的声音从窗口里传出，带着浓浓的居家过日子的光景。我听到几个窗口里传出小孩子的声音，这让我更加牵挂龙龙。

十点钟了。我再次拨打陶安的手机，依然是关机，拨打陶安早上拨打过的号码，等了一会儿，总算传来了“嘟”的声音，通了。第四声的时候，接听了，一个男的问我是谁。我硬邦邦地回道：“陶安是不是跟你在一起？”他顿了一下，又问：“你是谁？”我提高嗓门儿暴躁地说：“叫陶安接电话。”那男的也发飙了，满口渣滓，说：“你他娘的，老子都不知道你是谁，老子凭什么让她接你电话？”

我情绪的引线被点燃，长时间积攒的怒气瞬间爆发，我说：“你是林大庆对不对？你们这对不要脸的奸夫淫妇，你除了会睡女人你还会干点儿别的事吗？像你这种瘪三我见多了，除了裤裆里面有点儿精子，还有什么？屁都没有，嘴上连根毛都没有。你把陶安当什么了？你能给陶安什么？我告诉你，你把人家一个好端端的家给毁了，你横什么横。你造孽，迟早要遭报应的。”

“你懂个屁，什么老子毁了好端端的家？是好端端的，老子能毁吗？我告诉你，老子知道你是谁，你是陶安的姐姐陶平对不对？你就是个老变态，活该你没男人要。田文军算什么东西，他是他妈的猪狗不如，他要你妹去当鸡，好多挣钱让他养鸭子，这就是好端端的家？哪个男人戴了绿帽子不愿意离婚的，就这种 × 货不离，要离还要倒给他钱，他就是一个吃软饭的。他把你妹当成了赚钱的工具，这种人就是人渣，该下滚油锅，该千刀万剐。他说要找老子算账，老子还想找他算账呢，狗东西，老子见了他非一刀捅了他不可。”

“你爱捅谁捅谁，你强奸王母娘娘、捅玉皇大帝与我无关，我现在没心思跟你扯这些。”我的话还没说完，电话那头又咋呼起来了，这次是个女的声音，很粗，口音跟嗓门儿能让人想到一口瓮，乡里腌腊鱼腊肉的瓮。“瓮”说：“你是陶安的姐姐吧，我告诉你，把陶安这个臭婊子管好，她要再勾引我弟的话，我要她好看，我把丑话说在前头。我告诉你，我弟不吃剩饭，你们别打错了主意。”在那口“瓮”讲话时，我总能听到那男的叫姐，不停地说“把电话给我”，声音充满怒气与恨意。我还听到一阵推搡声，一定是林大庆在边上夺他姐姐的手机。一个大男人连自己的手机也夺不回来，容得下别人骂自己的女人为婊子，任由别人肆意侮辱自己的女人，一没钱二没本事，连血性气也没有的男人也算男人？

我说：“我也告诉你，把你弟管好，我若看到你弟再跟陶安在一起，我也会对你弟不客气。我们家的剩饭就是放馊了，也轮不到一条蛆吃。”

“你能这样说那当然好。哼。”对方哼完就果断挂了电话。

我将我的那声“哼”活活闷在肚子里，化作一股怨气长长地吐了出来。我的牙齿在口腔里上下切合，如果陶安此刻在我眼前，我一定会撕了她，陶家的门庭被她给辱没了。我跟她一个没成家，一个家要散，俨然成了老家人的一个笑话。

寒气越来越重，从白杨树丛里吹出来的风像长了倒钩似的，吹得脸生疼。望着小区四周高楼的灯火，我不知道该往哪里去询问孩子的下落。我决定先去小区的门房问问看。我转身没走几步就看见了陶安，她穿着我的一件绿格子羽绒服、一双高帮雪地靴，低着头苦着脸向前走，头发被风吹得跟草窝似的。我叫住了她。她一惊，望着我，说："姐，是你，这么晚了，出去干什么？"

看到她我就想起刚刚林大庆骂我"老变态"，想起林大庆的姐姐骂她"臭婊子"，都是这个不争气的骚货惹的。她就是一个妖精，毁家败家的祸水。我的火"腾"的一下就冒出来了，我有种想置这个女人于死地的冲动，我上前一把揪住她的衣领，然后扇了她一巴掌。她重重地推开我，说："你疯了，你凭什么打我？你真是老变态，变态狂。"

我气极了："你从未在我的环境里生活过，从未站在我的观点上来看待我，你凭什么给我扣上一顶变态的帽子。我心理不健康了？阴暗了？扭曲了？小婊子养的，真是小婊子，骚货。"我向她挥舞起拳头，我要杀了这个不要脸的。我们扭打成一团，小区里来来往往的人，没有一人来过问，来劝架，他们像看一场戏一样上前来看一阵就脚步匆匆地走了，还有人在笑，乐呵呵的，能欣赏别人的不幸、别人的狼狈算是无聊的生活派发的一种福利。我很快意识到我们这是手足相残，我们的撕扯成了别人的乐子。我压着怒火停止了扭打。我一住手，陶安也就住手了。我从喉咙里咳出一口痰来，吐在她的脚边，我说："姓陶的，龙龙不见了，要是龙龙有个三长两短，你就不用活了。"

陶安倒抽一口冷气，说："到底怎么回事？"

我说："我怎么知道怎么回事？我没到下班就回家了，一回家家里门大开着，人不见了，几个单元里，我挨家挨户都敲门问了，都说没看见。"

"啊！"陶安一个踉跄跌坐在地上，雪还没融尽，地上带泥带水的。她眼睛空洞地望着前方，木呆呆的，一副六神无主的样子。凄风苦雨，她无依无傍，真有了几分在绝路上的样子。我忽然觉得我做过了，我太狠了，无论如何我也背不起把人往绝路上逼的名声。我将她从地上拉起来，拖着她朝门房走去。

陶安在路上突然失声痛哭，一边哭一边大声地唤"龙龙"，她扯破喉咙的叫声和恓惶无助的哭声让我的眼底一片潮湿。我加快脚步朝门房走去。可是门房里并没有龙龙，门房的师傅说从下午到现在，并没有看见像龙龙这样大的男孩子单独出去过。只要没出去就好，出去了就完了。这个小区一出去就是江堤，江堤的栏杆稀疏，有几处还被人用电锯割断了，小孩子如果钻进去，一不小心就会滚进长江里。

在往回走的路上，陶安一遍遍叫着"龙龙"，拼了命地呼喊。从这一声声"龙龙"中，我能感觉她的心在滴血，肝在滴血，肺在滴血，她的脏腑血流成河。我也跟着她叫喊起来，这是我此生第一次用全身的气力来呼喊一个亲人。

在我呼喊了几声后，我忽然热泪盈眶，这喊声像一把磨刀石，我心间上的锈迹在叫喊中剥脱，我体察到了亲情的某种纽带与关联。

在我们的叫喊声中，有几户人家打开了窗户，瞧了瞧但很快就关上了。我们一面往前走一面喊。又有人家打开了窗户，我们一齐扭头看着这扇窗，一个约莫五十岁的男人和一位穿着花睡袄的女人探出头来，中年男子问："你们是哪一栋的？"

我说："五栋三单元七楼。"

"小孩儿叫什么名字？"

陶安仿佛看到了亮光，赶紧回道："田小龙。"

"多大？"

陶安说："三岁。"

"穿的什么衣服？"

陶安欣喜地朝我看了一下，她的眼睛里透出一点儿亮光来，脸上的神情也活了过来。她从别人家的问话里觉察出了什么，她的神色向我传递她觉得龙龙就在那个窗户后面。

陶安说："上面穿蓝色。"

"妈妈，妈妈！"陶安的话还没说完，龙龙的脑袋就出现在了窗台上。

"龙龙！龙龙！"陶安高兴地哭了起来。

龙龙很快被那家人送下来。龙龙飞扑进陶安的怀里，陶安先是紧紧揽住，左亲右亲，忽然陶安一把将龙龙推开，狠狠地扇了孩子几个耳光。陶安说：“谁叫你跑的，谁叫你瞎跑的。你在屋里待着会死吗？你这个讨债的，你要害死我是不是？”

龙龙一下子哭了起来，说：“我一个人怕，我一个人怕。”

我将龙龙搂了过来，不停地向那对中年夫妻道谢。陶安在一旁抠手指，她从她左手的中指上抠下一个黄金戒指，这应是她身上最值钱的东西了。她要将戒指留给那对中年夫妻，妻子连连摆手。但陶安执意要给，一副不收下就不能收场的犟劲儿，执拗了半天对方终于收下了。陶安在我怀里接过龙龙后，重新亲了起来，那股热乎劲儿亲得龙龙破涕为笑，一路上咯咯笑个不停。

八

回到家看看墙上的挂钟已经是深夜两点了。我在卫生间洗漱完毕后，就径直进了房间，并将门反锁。我不想再搭理他们母子二人。沙发上有被子，厨房里有吃的，他们爱咋咋的。

躺在床上睡不着。我对陶安有许多不满，不满她为个野男人连孩子都不顾，不满她对那对中年夫妻的出手阔绰，撸个金戒指给人家都不跟我商量一下，她这么有主张，这么有魄力，那又何必在其他事情上来向我讨主意呢。我跟她从来都隔着厚厚的肚皮。她不过是把我这里当成了他们娘儿俩不要钱的落脚点。她来我这里两三天了，没帮我洗个碗，没帮我把家里收拾一下。她每天都魂不守舍的，跟我说句话也是心不在焉。她大部分时间都是守在电暖炉边上，勾着头，心事重重的样子，一有电话响，拔腿就往外面跑。我常年一个人生活已经习惯了，现在陡然添了他们娘儿俩，我做什么事都蹩手蹩脚的，哪儿哪儿都不方便，我忍她心都快忍肿了。生活对她的指教还不够，当她真正被生活压迫得无法动弹的时候，而她还选择活下去的话，她就会懂得许多为人处世的技巧，比如世故、圆滑、精明，她会懂得看人的脸色，会懂得奉承迎合，她会为了跟人和谐相处拔去身上的刺，她会为了穿上鞋子把脚上多余的肉给削掉。

客厅里似乎没什么动静。不知道他们是睡了还是怎样。我起身披了件衣服打开门假装去厕所。我眼睛里的余光看见龙龙已经睡了，她坐在沙发上看手机，估计手机被她调成了静音，划来划去没有什么声响，屏幕上的蓝光照得她的脸惨白惨白的，活像个女鬼。我从厕所里出来的时候，发现她已经把手机收起来了。她抱着被子做出一副马上躺下的样子。人在屋檐下，不得不低头。看到她如此谨慎憋屈地在我的地盘里生活，我的心里得到些许满足。她到底还是忌讳我的，她察觉到了我对她的感觉。她也许什么都懂得，但是她都藏在心里，不说。她不说、不表达她的情绪也许并不是出于对我的尊敬，也不是来自她的性格，而是她的处境使她不能表达，只能委屈地蜷缩在沙发上，只能受我的白眼、谩骂甚至是耳光。一个人强势是需要有硬的东西撑腰的，要么钱，要么人，要么是看得见的未来。一个嫁了个穷老公又为个穷小子要离婚的洗脚妹，有个屁的未来，她的穷困就跟弹匠手里那根弦一样，会一直单调又铿锵地延续下去。

但是我还是感觉到了她的骨头，她对我劝解的不接纳，对我不亲近的躯体，还有不与我商量就撸下戒指来感谢别人的做法，这些都是她的骨头、她的刺，她隐形的强硬令我不快。

一夜未合眼，许多以前的光景都重新来到了脑袋里，清晰的记忆折磨得我翻来覆去。到天亮时，我已积攒了许多的恨意。我起床后将房间里他们娘儿俩的衣物抱了出来，扔在沙发上，然后打开她的箱子，将他们所有的东西都塞了进去。陶安听到响动后，从沙发上坐起，问：“你这是干什么？”

我说：“请你今天给我出去。”

陶安说：“那等我打个电话，我让他来接我。”

我说：“那你打吧。”

她真当着我的面打起电话来，她对电话那头说：“你能过来一趟吗？把我和龙龙接走。”她说着朝我这边瞄了一眼，对着电话支支吾吾半天，才说："姐要赶我们走。昨天龙龙差点儿丢了。"她跟电话执拗了一会儿，然后将电话递给我说："姐，林大庆要跟你说话。"

我说："我跟他没什么好说的，我不认识他。"

她还是把电话给了我。电话那头喂了半天，我冷冷地说："你想说什么快说。"林大庆说："你还是让他们在你那儿住几天，我这里还没弄好，等我这里妥当了，我会把他们接过来的，一天都不耽搁。"

如果林大庆在电话里叫我一声姐，或者说话的口气软和一些，我会改变主意，可是他说话就像是一把麦芒儿扎向你，让你心里腾出一股火。什么叫一天都不耽搁？仿佛他们都憋屈似的，仿佛他们多不想在这儿待似的，那行吧，那就赶紧的吧，我这里不是收容所。你既然爱她，为了她捶了家里的玻璃逃出来，就该为她撑起一把伞，为她遮风挡雨，最起码应该跟她弄个窝吧，寄居在我这里算什么。

我对着电话说："今天他们必须得离开我家，你有本事，你对她有诚意，你就别废话，赶紧来把他们弄走，弄哪儿都可以，我眼不见为净。"

林大庆说："行行行，算你狠，你他娘的，老子从来没有开口求过人，老子也不求你。你让他们在你小区大门口等着，老子立马接他们走，老子还把他们这几天住你这儿的房钱也算给你，按四星级酒店标准算没贬低您吧？"

我的肺快要气炸了。挂了电话，我便将他们的行李箱拖了出去，也将一旁如一根呆木桩的陶安推了出去。在推龙龙的时候我迟疑了，我的手停在半空中，我下不了手，外面这么冷，寒风跟锥子似的。可是留了他，就等于给这件事留了余地。既然话赶话说到翻脸的地步了，我也就只能把事做绝。我还是把龙龙推出去了。我朝门外扔了三百块钱就啪的一声将门给关上了。

过了许久，并没有传来期待中的敲门声和哀求声。又过了许久，我轻轻地打开门，门外什么也没有，看来那三百块钱她还是捡起来了，我的心稍微好过了一些。她并没将我置于无情无义之地，她还是拿了我的钱的。看着空空如也的门外，我感觉我的脏腑像挂了只秤砣，总有一种往下坠的感觉。他们走了，可是我并没有获得理想中的轻松与清净，相反我有一种不安感，一种欺负弱小的负疚感。特别是龙龙，这个身上流淌着陶氏血脉的孩子，我竟也将他推出去了。我觉得我很浑蛋，很刻薄，很阴毒。

可是，事情只能这样。我虽有自责，但我也有恨意。我不会去将他们追回来，走了就走了。我决定继续请假，昨晚睡得太晚，头有些发沉发涨，打完请假电话后我倒床便睡了。头埋进被子里，一直睡到了下午一点才醒。

肚子很饿，打开冰箱，里面冰冷的食物让我毫无胃口。我想到外面去吃，顺便看看他们母子俩走了没有。窗外的天呈现乌青色，阴沉沉的，像穷人背了一身的债。我换好衣服下楼，我的步子很急，还没转过弯我就瞥见了小区门口的那只红色的旅行箱了。再往前走几步，我就看见了他们母子。陶安把羽绒服后面的帽子戴上了，周围橡皮筋扯紧了，只露了一张脸。她的左手缩在袖筒里，右手捏着手机，时不时就往手机上看，两脚在地上跳来跳去。她露出的那张脸脸色发乌，没有一点儿血色。看到她的漂亮被凛冽的寒风侵蚀，显不出姿色时，我有种小小的平衡。我才知道身为一个女人对美貌始终是心怀妒忌的，即使是亲姐妹，心里也会藏着醋意。其实她很远就看到了我，但她没有开口跟我说话，她不开口我就只能视而不见。不用说我也知道那个姓林的肯定没有露面，从早上七点钟到现在下午一点半，已经六个半小时了，从汉口汉正街到武昌司门口，就只一座长江大桥的距离，即便是走过来，也只需要四十五分钟。我能从陶安的眼睛里感觉到她的恓惶、疑惑和深深的不安。龙龙趴在旅行包上玩他的蜘蛛侠，他对这个世界没有任何戒备，在哪儿都能玩耍。他在偶然扭头的时候看到了我，很清脆地叫我姨妈。我的心颤了一下。我停住脚步，问陶安："林大庆还没来接你吗？"陶安朝两只袖筒里哈了一口气，说："跟他打了电话，他说快了。"看来她并没有对林大庆死心，她还对他抱有希望，不愿意承认她被放鸽子了。我不知道该如何才能让她长点儿见识，让她对男人有清醒的认识。一个男人若真心对一个女人，怎么会忍心让他的女人在刀子般的冷风里等待六个多钟头，怎么会让赶她出家门的人在青天白日中撞见她的狼狈与凄楚，如同一个人的罪证落在了仇家的手里。

我问龙龙吃了没有，龙龙说没有吃。我把龙龙抱着，对陶安说："我们到旁边去吃点儿东西，林大庆来了的话，你打我电话。"陶安舔了舔嘴唇点了点头，她的目光像钉在墙上的生了锈的钉子一样，死气沉沉。她的眼睛里没有期盼，没有等待的神色，我能从她的眼睛里觉察到她的心在冷却，在下沉。只是她的嘴巴还在硬撑着，跟田文军养的那些鸭子一样，即使死了，可是嘴巴还是硬的。那就继续硬吧。

我和龙龙吃完饭回来，陶安依然站在原地，依然捏着手机。我将打包的盒饭递给她。她推了一下，说："不饿，等林大庆来了跟他一块儿吃。"我在心里冷冷笑了一下。龙龙说："妈妈吃吧，姨妈点了鱼子烧豆腐，好好吃的。"我又将盒饭往她面前递了递，在我打算扔进垃圾桶之前，她接了过去。

她的举动让我很是不舒服。在一个知道你底细的亲人面前装硬气，这就生出了万千沟壑，人家根本就没拿你当亲人，也没拿你当姐姐。一个人对一个人的交心就会展示自己的伤口和伤痛。她是仙人掌，我是刺猬，我们俩人身上都长着刺。在她打开饭盒、分开筷子后，我扬长而去。我忽然觉得委屈，觉得压抑，觉得落寞，很多事情都不由我主宰，我无法掌控什么。我忽地对人生感到悲观，就如同这黑沉沉的天一样，仿佛有一张网将我束缚住了。

整个下午我都心绪不宁，看不进电视也看不进书，连电脑上的纸牌游戏也玩不下去。我的耳朵始终捕捉着小区门口方位的响动，我很挂心那个林大庆到底有没有来将她接走。天越来越暗沉了，风也猛了些，吹得窗户咯咯直响，在穿过那些狭窄处时还发出尖厉的啸叫，如同生鬼在哭。这是下大雪的征兆。下午四点钟时，漫天的鹅毛大雪铺天盖地地下了起来，密密匝匝，像是从天下落下的一张无情白网。

看着外面的冰天雪地，我有些惴惴不安。想象他们娘儿俩被风雪吞没的样子，我就心虚。我觉得自己是多么的冷血，多么的不近人情。我在心里问我自己，如果陶安不是洗脚妹，是有体面工作的人，嫁的老公不是养鸭子的，是很有头脑的小老板，出轨的情人不是穷混混，是有一官半职的公务员，我会将她赶出去吗？我对她会有这么多的看不惯和忍不下去吗？说到底我欺负她并不仅仅是因为当年的鸠占鹊巢，而是因为她的贫穷、她的底层、她的绝境。在我承认自己势利的时候，我的后背陡然一阵烘热，有密密的汗从身体里钻出。我看到了我内心的阴暗，像一块生霉的豆渣一样，散发着恶臭。

我给陶安打电话，话筒里传来“您拨打的电话正在通话中”，这句话又让我从心里腾起的融融暖意遭遇冷却。她还在给他打电话，那说明姓林的还没有来接她。

这个王八蛋。我从手机里翻出林大庆的号码，我要将这个烂货人渣好好痛骂一顿，可是话筒里传来的是“您拨打的手机已关机”。我怒不可遏。陶安瞎了眼了，遇到这样的一个浑蛋。她到底是被玩弄了，也被抛弃了，弃之如手纸。什么爱情，什么真心，那都是生活放的狗屁。

我围上围巾，戴上帽子，我要去把他们娘儿俩弄回来，眼见得天就黑了，气温更加低。我打开大门就看见了坐在楼梯口的陶安母子。四目相对，我们各自都有些吃惊，也有些措手不及。她的手里握着一张卫生纸，动不动就在鼻子下面擦一下，她的两颊和鼻头红红的，那颜色红得让人能感觉到烫手。她朝我略略笑了笑，有几分不好意思在里面。这大雪天的，她终于还是回转到我的家门来了，无论怎么冷落怎么打骂，她依然把我当作她的码头，当作她人生中唯一可以行走的一条回头路。我想起父亲临终前是如何把我跟她的手紧握在一起的，我记得父亲最后的一句话是，你们都姓陶。我打了一个冷战，那一瞬，我突然觉得父亲最后的这句话分量是如此重。她不是我的仇人，她是我的妹妹，亲妹妹。我看着她，心竟有些跳荡，我的身体里升腾起阵阵热意。我竟有些难为情起来。我的内心像画画儿一样，各种笔头飞速勾勒，盛满许多线条和色彩。龙龙忽然从她妈妈的怀里跳出来，将一只纸飞机举到我的面前，说：“姨妈，看，我的飞机。”我的眼眶顿时就湿了。

九

我将屋子里所有的灯都打开，我让他们无论是去卫生间、厨房还是阳台，走到哪儿都是亮堂堂的，灯火通明的。我把电暖炉开到最高挡，把房间那台老空调打开预热，我不再算计那几个电费。我只希望我的房子能迅速地暖和起来，抵御外面飞雪漫天的寒气。我把冰箱里的一块牛肉拿到微波炉里化冻，想给他们做一碗牛肉面。我知道陶安口重，喜欢吃辣。我把网兜里的干辣椒全都倒了出来，我要做两份，一份清淡的给龙龙，一份辣的给陶安。我想起冰箱里还有半瓶可乐，手忙脚乱地将它倒进钢锅里，拍了一块生姜，他们受了半天冻，可以喝点儿姜汁可乐。我忙前忙后，像扯棉絮一样从我的体内毫无保留地扯出一大片热情，像是在挽回和弥补什么。我在挽回或是掩盖我内心深处肆无忌惮的狭隘和残忍。在我提起刀片牛肉时，我竟有种幻觉，觉得她就是那块牛肉，躺在砧板上，生生受着各种刀的凌迟与切割。

她对我的好显然还不适应，对我的各种请让，她都表现出一种迟钝的木讷。她在我面前总是拘脚拘手的，反不如先前那么自在放得开了。她可能从我赶她出门这件事里，认识到我是一个抹面无情的人，所以她谨小慎微起来。她的眼睛盯着电视，但我从她的眼神里能看出她的心思不在电视上。她时不时低头去看她的手机，偷偷摸摸地看，只要听到我的响动，她就立刻将视线转移到电视上。她对我生出很强的戒备，她永远处在自己给自己营造的一种不安定感中。

我说："陶安，你要看手机就大大方方地看吧，我不会再干涉你了。林大庆如果来接你，你就跟他走，如果他不来接你，你就在我这儿住，不要有什么顾虑。行吗？"

陶安点点头，但那头点得像一只受惊的麻雀。

吃了面，喝了可乐，陶安主动收拾碗筷。我将她按下了，可她还是接过来拿到厨房水槽里洗了。这是她在我这里头一次主动帮我做家务。她的勤快越发让我愧疚。

龙龙玩了一会儿就睡了，我将他放到了床上。房间里空调的温度已经起来，推开门便是一股热气。这股热气让我觉得这房子头一次有了家的感觉。

陶安洗完碗后，与我一起坐在沙发上看电视。我们没有说一句话，两眼都盯着电视。我起先对这种沉默感到些局促，总想着去打破，怕这种沉默会凝固，像结冰一样，生长出另一种寒冷与隔膜。我和她之间不能再隔着青石了，更不能让青石还长出苔藓来。可是我不知道该跟她说些什么，于是我们只能这样沉默下去。渐渐地，我竟觉出这沉默的好来。这世间最好的交流也许并不是语言，而恰是这沉默。所有的伤口都是在安静中修复的。

忽然间厨房里传来尖锐的鸣笛声，是自鸣壶烧开水的声音。我起身时，陶安将我拦下了。她推开推拉门进去，过了小半天才出来，手里提了大半桶热水。她将那桶热水放在我面前的地毯上，然后搬了只小板凳坐在我面前。我刚要张嘴，她冲我摇摇头，示意我不要说话。

她脱去我双脚的鞋袜，将它们双双放进桶里，水温有点儿烫，但是可以承受。她在桶上搭了块毛巾，然后转到我的背后，双手落在我的肩上。在她的揉捏下，我逐渐放松，我觉得我的内心像是被什么照耀了似的，很多矗立的横亘的东西都矮了下去，化为乌有。那些残渣也像肥皂泡一样，在化解破灭，我的心房长出一把笤帚，一笤帚一笤帚地将那些陈年污垢扫了出去。在我的双脚感到水温平和后，她将我的脚从桶里捞出来，用毛巾擦干。她把我的双脚放在她的腿上，然后她的大拇指死死地抵住我的脚掌心，忽然间，一股火辣辣的疼劲儿直冲到了头顶。我“啊”了一声，她迅速将我的脚捉了回去，再按，依旧辣疼，但这种辣疼里多了一种麻和酸胀的感觉。她的每一次长按都令我的周身有一种热烘烘的感觉，这种热感一次比一次强烈。在她的又一次长按下，陡然间我感觉全身的汗毛孔张开了，细细密密的汗顺着汗毛根儿直往外淌，汗如泉涌。从她的指法我能清楚地知道这是一双劳动的手，是一双勤巴苦做的手，是一双在行业里长期操练过的手，不偷奸不耍滑，坚贞不屈的一双手。

大约一个小时后她才结束按摩。我瞧见她也是汗如雨下，鬓边的头发都结成一绺一绺的了。她将我扶到房间，伺候我躺下，头一次我尝到了挨床就睡着的滋味。那一晚我睡得十分香甜，没有翻身也没有做梦。一觉睡到自然醒，醒来后头也不像先前那么发沉发腻，心明眼亮，神清气爽。龙龙还在睡。我打开房门，看见沙发上和衣躺着的陶安，脸红得像蒸熟的虾子似的。我用手摸了摸她的额头，发烫。

我叫她："陶安，陶安。"

陶安喃喃道："好大的雪，外面好大的雪。"

我掀开她的被子，看见她的手里紧紧地攥着我给她的那部老手机。她像攥着一根救命稻草一样攥着它。忽然间，我泪流满面。我知道她还在等待着林大庆。这个狗日的林大庆。我将陶安抱到床上，然后到药店去买了各种退烧、治感冒的药。

我刚喂她吃完药，她的手机便响了。她冲我一笑，说："他终于来了。"我笑着对她点点头。她强打起精神接电话，没有怨气，只有娇嗔："喂，你终于忙完了，终于想起我们了？"忽然，她便不说话了，眼睛里的亮光也没有了，然后就黯然地挂了电话。

她说："是田文军。"

龙龙忽然翻过身来，说："是爸爸，是爸爸要来接我们吗？"

陶安说："你想爸爸吗？"

龙龙说："想，我刚做梦都梦见爸爸了，梦见爸爸给我带了好多好吃的。"

陶安笑了笑，说："你爸爸下午来。"

龙龙高兴地"欧"了起来。

我决定继续请假，好照顾陶安。可陶安却不同意我请假，她执意让我去上班，不要耽误工作。她说她能行的，感冒发烧也不是什么大病。在她的坚持下，我同意了。毕竟请一天假就得扣几百块的工资，我挣钱不多，几百块可以过上好几天了。但我坐在单位的格子间里，总是心里发沉，像压了块秤砣一样。我打开工作页面，强迫自己进入工作状态，可是不行。我决定还是请假回家。

我拦了辆的士奔回家，推开门，客厅的沙发上坐着龙龙，他在看碟机里的奥特曼。我问龙龙："妈妈好一点儿没有？"龙龙说："妈妈还在睡。"

我推开卧室的门，陶安果真躺在床上，我去摸她的脸，估计烧退了，不怎么烫，但她的脸却毫无血色。我心生疑惑。床头柜上放着一只空空的水杯，我打开柜子的抽屉，所有感冒药的胶囊壳里都空了。

"陶安，陶安，陶安。"我大声地叫她。我开始感到恐惧。我的腿一阵一阵发颤，发软。我慌乱地摸手机，拨打 120。在等待救护车的空当里，我不知道该做什么，我焦急万分又束手无策。龙龙从房间里的异样气氛中感知到了什么，他在床前摇着他不省人事的母亲，叫她，她不答应。龙龙哭了。龙龙的哭声令我有种想跟这世界拼命的冲动。我掀开陶安的被子，果不其然，她的手里还握着手机。我掰开她的手，拿过手机，翻开通话记录，从昨天将他们赶出家门到现在，陶安给林大庆拨了整整一百个电话，发了整整八十条短信。

我再次给那个叫林大庆的打电话，话筒里传来的是："您拨打的电话已关机！"

去你妈的，我将那个手机一把砸在了地上。

所幸陶安吃的只是感冒药，毒性没有到夺命的地步，只是洗胃时遭受了些痛苦。看着差不多要把胆水都吐光的陶安，我忽然生出一种心疼。我一把抱住陶安，将她搂在我的怀里。我说："这世上并不是只有一条路好走，寻死是最没出息的。"

陶安淡淡回应说："活着无味。"

我不知道该如何劝说陶安。谁活着又有味呢?

下午田文军到了武汉，给我打电话，我告知他陶安生病住院了，让他直接到医院。田文军穿着一件不知道从哪儿弄来的军大衣，粮仓般罩在他的身上，上下一般粗。身上还是那股鸭屎鸭毛味儿。

龙龙看到田文军，跑着冲到他怀里，问："爸爸，你给我带好吃的没？”

田文军上下拍拍衣服口袋，说：“忘了，下次给你补上，乖儿子。”

龙龙失望地回到床边。

看到田文军，陶安把脸转向一边。田文军问：“好好的怎么住院了？”

我说：“感冒了，这几天下雪，冷。”

田文军鼻子缩了缩，说：“娇气。感个冒还往医院跑，瞎花钱，有那几个钱扔给医院，还不如给龙龙买身衣服。”

我准备跟他理论几句，但我忍下了。

他坐下来开始有一句没一句地跟我聊天，聊他的鸭子，大抵不过手头拮据、经济紧张之类的话。想贷款又没多少门路，平时村干部、乡镇干部要用他时都跟他嘻嘻哈哈的，轮到他有事去找他们的时候，他们就初一推十五，张三推李四。说着他给我递了根烟，我摇手。他诧异，说：“你不是抽烟吗？”我说：“这是病房，陶安还在打针呢。”

他表现出无所谓的样子，掏出打火机，啪的一下点火，将烟点燃猛吸一口，像上辈子就欠这口似的。陶安索性将自己埋在了被子里。她自始至终没有搭理田文军一句。

第二天陶安就出院了。出院那天是晴天，一个红火大太阳挂在天上。屋顶上、树上、花坛里的积雪开始大面积融化，到处都是滴滴答答的声音。

在家吃了顿中午饭后，他们一家三口就准备起身回去了。陶安虽然不待见田文军，可是她也只能选择跟田文军回去，而我也只得随她，目前她没有别的路可走，何况还有个孩子。陶安在收拾行李时，把箱子里那张全家福掏了出来。她摆在我的电视柜上，说："姐，这个留给你，做个纪念。"看到那只油墨水画的胳膊时，我鼻子有些发酸，喉咙里像长了一枚刺一样。临出门时，陶安忽然说："姐，我把龙龙留在你这里，替我照看几天，等我给他找好幼儿园后再来接他好不好？"想到我们单位楼下有个临时托管所，我答应了陶安的请求，再者我也舍不得龙龙。看着陶安提着行李箱低着头跟在田文军的后面，我的心有种被刀割的感觉。我的妹妹，小小年纪就说出活着无味的妹妹，可是能怎么样呢，人生的酸葡萄不可能由别人来代替她吃。

他们走后，我反身进屋，刚好一缕阳光透过窗户射了进来，照在客厅的穿衣镜上。那光如此的灿烂，像陶安刚来武汉时的笑容。龙龙站在镜子前摆出奥特曼打怪兽的姿势来，他在我屋里欢笑着奔跑，让我有种做了母亲的满足感。我从鞋柜上扯下一张报纸，然后蘸上水，将那面蒙了很多灰尘的镜子细细地擦拭，我想让那光亮一些，更亮一些。在我擦拭完镜子后，我接到了田文军的电话，他惊恐万分地说："陶，陶，陶安她，她跳江了。"

…………

舅舅的光辉

“五一”期间我回了趟老家，落屋没多久，我妈便嘱我去看望外婆。我妈多年风湿病，脚步艰难，自从我爸去世后，近几年不常回娘家，总觉得自己孝行有亏。替母尽孝也是应该，再说九十岁的外婆，看一次就少一次了。

外婆住在白家岗村，离我们家十多里地，小时候腿短，觉得路长，如今他们村一位大款出资把路修好了，走着也就半个小时。外婆一直跟着大舅生活，这两年大舅他们在县城带二胎孙，她便一个人过，身体倒硬朗，去年我还见过她担水浇园。

远远地看见她在稻场上剥豆子，我喊她，她张望了半天，认出我后，欢喜地把我迎进屋。我们东扯葫芦西扯瓢地拉些家常。我问大舅多久回来一次。她说：“每月回来三四回。”说大舅跟邻居都打了招呼，叫每天都来看她一下，死了好及时递信。我笑了笑。坐了片刻，我掏出孝敬钱给她后便起身告辞，免得她留我吃饭要花费一番心思。我们这里礼行规矩大，留客招待，即便是常来常往的亲人，若席面置得不丰盛，会有怠慢之嫌。外婆自然苦留，但我执意要走，她也只好随我。送我到六棵槐那儿，她说：“你今年回来过年吧，你小舅说今年回来呢。”

“哦。”我木木呆呆的，对这个小舅没有多大感觉，从小到大，拢共也就只见过三次面。外婆说起他来，于我就像在说别人的舅舅。

“回来吧，跟婆家打个商量，今年回来过年。”外婆强烈要求，我不忍拂了老人家的心意，便说：“好。”

“从来团圆都缺只角，今年不缺了。”

她这样说时，我看见她浑浊的眼里放出了亮光，离过年还有大半年呢，她已经开始憧憬了。

我说：“外婆你回吧，别送了。”

“好哦，好哦。”外婆嘴里应着，停止了脚步，却没有进屋，站在稻场旁的六棵槐那里看着我。我走了好远，回头看，她还在槐树下望。我的眼前是大片抛荒的田野，杂草疯长，地里偶有老农挥锄整平，越发地令人觉得村子快要与世隔绝了。站立在天阴雨色中的外婆，让我想起风烛残年这个词。这个词语连同孤零零的外婆和凋敝的乡野一起让我的内心充满伤感。

外婆两儿四女，六个子女中，小舅读书最多，是恢复高考后的第一代大学生。外婆总说她这串葫芦里，只锯出了小舅一把好瓢。这话我不大认同，那是他们舍不得锯，若舍得，不定出多少把好瓢呢，至少我妈就是一把。我妈跟着当民办老师的我爸，认识了不少字，都能读下全本的《水浒传》和《红楼梦》了，我爸都很为她可惜呢。不过我妈心态很平和，既不埋怨爹妈，也不眼红小弟，相反，她和大舅、姨妈们都一样以这个小弟为骄傲。这“一把好瓢”成了他们共同的荣耀。

回到家我把小舅要回来过年的消息说与妈听，她说：“回不回又值得了多大的事。”我妈的反应倒出乎我的意料。好像是前年还是大前年，说起小舅她都是一脸神气，说小舅给我们这些外甥和外甥女都做了安排。

我呵呵笑，说：“妈，你洗了睡吧。”

妈说：“哼，你不要不信，你还不知道你小舅的实力，到时他拔一根毫毛，也够你吃一辈子的。”

“嗬，够我吃一辈子，那得是多少？个十百千万十万百万千万？算是，也拔不到我们这些外甥、外甥女的头上，要拔早拔了。”

我妈显然是深信不疑，说：“你呀，别到时吃相难看。”

呵呵。我对小舅早已没有任何期待了。

我第一次见小舅是六岁，记事如刀刻的年纪。春节里，小舅带着他的妻女回来过年。我们正月初二去给外婆拜年，一路上我那小脑瓜儿都在想省城的舅舅会给我们带来什么样的礼物。我们这儿有这样的礼行，出远门的人一般都会给亲友带礼物，叫带折食。像我那在银行工作的表姑，父亲每次去县城开会，她都会托他给我捎一袋鲜果冻或是一袋饼干，或是一袋鸡汁快餐面。折食不一定要多贵，就是一个心意，但我喜欢这种被人惦记在心里的感觉。

还只走到六棵槐这里，我就瞧见外婆家里有个生客，个儿不高，穿着带毛领的黑色皮夹克，脸很白，似从没见过太阳，鼻梁上一副大眼镜，眉眼像我妈。

“叫小舅。”我妈在旁边指导我。

“小舅！”我响亮地叫了一声，叫声里充满了期待。

“唉。这是春来吧，都这么大了。”小舅摸了摸我的头。我以为他摸完我的头就会去摸他的荷包，但是没有，他直接跟我爸握手去了。

折食是不能讨要的，那时虽然年纪小，但也知道了丑，只得没劲地走了。在火塘屋里看见一个长鬈发、涂着口红，怀里抱着一个胖女娃的女人。大舅说：“这是小舅妈。”我喊了小舅妈，她也是答应了一声，然后就纹丝不动了。反倒是后面来的姨妈们给我们几个小孩子带来了新年礼物，大姨妈的是红毛线围巾，大表姐织的，二姨妈的是卜卜星，小姨妈的是砸炮。我们围着崭新的围巾，吃着卜卜星，时不时从兜里抠出个炮往地上一砸，砰的一声响。这才是过年走亲戚的味儿，不然大老远的，走得腿酸，图啥呢！

其实小舅也不是啥都没带，吃过饭，小妹妹说要玩炮炮，她当真是大城市里来的，瞧不上我们土鳖似的砸炮。小舅从门后拖出一只皮箱，我们几个毛头孩子全都围了过来。他从里面拿出一个塑料袋，从袋里拿出一个花花绿绿的像秤砣似的东西给小妹妹，在小舅的帮助下，她拉了吊在下面的一根绳子，突然吱吱吱几声响，射出一大堆彩纸。这些细碎的彩纸从半空中落下，犹如一场童话梦，引得我们在彩纸雨下转圈圈。这也罢了，更奇的是，这里面居然还射出一只小小的降落伞，粉红色的，就挂在稻场旁的椰树上，我跑去踮起脚摘了下来。这只降落伞太漂亮了，我如捡到孙悟空的三根毫毛，喜得“嗷嗷”叫。可小妹妹也要降落伞。我当然不给，这是我捡的，捡的当买的。

小舅说：“还有，还有。”接着又放了一个，可这个降落伞却落在了高树上，搭了梯子也够不着。又放一个，是烂的。眼看着袋子里没几个炮了，我赶紧上前跟小舅打商量，说：“小舅，我把降落伞给小妹，你给我个炮吧。”

小舅说给。我刚好接时，小妹号啕大哭，她不让，小舅就转而拉了引线，这一个却落到了水塘里。我好泄气，盼望下一个能顺顺当当。不如此，我感觉我手里这个就保不住了。最后一个总算如愿以偿，落在草垛上。我像狗一样跑过去捡给她，她总算破涕为笑，可还没高兴三分钟，她去火塘找她妈，不小心把降落伞给烧了。她又哭了起来。我赶紧提着降落伞撒腿往家跑。

“春来！”

我妈赶了出来，身后跟着小舅和哇哇大哭的小妹。我想，若是迫我，我就一把撕了。我玩不成，大家都玩不成。

我妈说：“春来，你听我的，把这个降落伞先给小妹妹，小妹妹大老远来，是客。”

“我也是客。”

我妈又说：“你把这个给小妹妹，等会儿小舅再给你一个新的。”

“我不信。”

我妈说：“小舅箱子里还多得是。”

我有些将信将疑。

小舅也附和说：“是的是的，还有还有，还有更大的呢。”

我总算信了，将那个降落伞给了她。然后我心里就开始惦记那个“更大的”，问他什么时候放“更大的”，他说等吃了晚饭。我如得了令一般，跑到厨房跟外婆催饭。外婆说：“乖乖，中午的饭才丢碗，哪儿有那么快的晚饭。”外婆说的是实情，可我心里就是不爽，便跑到猪圈去找猪撒气，用棒槌捶猪，猪没捶着，失手把猪食缸给打破了，潲水拌糠流了一地。这下连猪都知道我闯了大祸，拿俩眼看我，不敢哼哼。外婆和大姨妈听见动静往猪圈一瞧，就全明白了。她们没有声张，但随后而来的我妈看见了，她顺手拿起门边一根吹火棍。我赶紧撞了“天网”往外跑。我妈说：“我今天不把你的手打肿，我白字倒过来写。”

屋里女人们都在弄猪食，男人们打牌，没人给我解围。还是大舅耳朵尖，他从屋里出来，冲到稻场一把拉住我妈，说：“你真是，碎碎平安，打发打发呢，大正月里，外甥女给我这么好的一个彩头，你还打她？”我妈也就借坡下驴，将棍儿放了下来。为着这场恩情，我一直都坚守着正月不理发的传统。

好容易等到吃晚饭了，我瞅着小舅的饭一吃完，就一步一摇地摇到小舅跟前。小舅看见我如看到活怪，放碗筷的手都哆嗦了一下。小舅说：“你再等等，我去上个厕所。”这一等就等到天麻眼，我担心小舅是不是掉进了茅坑。外婆家的厕所是埋的缸，上面搭两块木板，没处下钉，木板是活动的，踩不稳真会掉进去。我想去厕所看看，可厕所在屋后面，屋后是竹园，黑漆漆的，我害怕。我对我妈说：“我要去厕所。”

怕厕所里面有人，我妈在外面咳嗽了一声，可里面没回应，我心里顿时咯噔一下。

我被骗了，先前我妈要拿棍子打我我都没哭，可这会儿，我实在憋不住了，一下哭起来。我妈说：“好端端的，哭什么？

你上不上厕所？”我不说话，只哭。我妈慌了，赶紧用手把我的额头往上抹了三下。然后抱着我边走边朝竹园里破口大骂，骂那些没长眼的孤魂野鬼，大过年的享了那么多的祭，还出来害人。

回到堂屋，所有人都问我哪里不舒服，我不作声。我不能让他们知道我那点儿小心思，那样会让他们觉得我没出息。我只哭不说话。大舅便拿着一刀黄表纸到竹园那里烧去了，就让他们误会我是见了鬼吧。

这一次因大姨的儿子肖立秋来武汉办事，我们几个在武汉的表亲在楚河汉街的小龙坎设宴款待。我们表亲相聚聊天，一般都会聊到小舅。我们最感兴趣也最疑惑的就是小舅到底有没有钱，有多少钱。白家岗的人都认为小舅是岗上走出去的第一代大学生，国家选拔的栋梁之材，到如今只怕在朝中都能呼风唤雨了。他们这样猜测时，大舅和我妈他们也不做解释，小舅便在这种静默中演绎成了一个人物。

小舅很早就去了深圳，在一个大型国企集团当财务经理，还给我们亲戚都寄了一张名片，烫金的，上面还印了相片，写着“白玉寿五八集团财务经理”，然后是两个电话号码，一个是座机号码，一个是大哥大号码。

那时候看港片，大佬们出场都是手里握着大哥大，后面一群马仔，大哥大一按，江湖上立刻就会掀起一阵腥风血雨。

村里有见识的年轻人说那东西可贵了，要好几万块。当我们在为节省一毛钱两毛钱在菜摊子上挑挑拣拣、讨价还价时，我们的亲舅舅手里却握着几万块的大哥大。小舅矮小的身躯在我心里一下子高大起来。

妈跟小舅感情很好，那是她脚下的弟弟，小舅差不多是我妈带大的。看到我为小舅高兴，她也跟着眉开眼笑，说："你小舅从小就是个聪明人，读书识字过目不忘，是白家岗的神童。要不岗上几个参加高考的，就独你小舅一个人考取了。照古理讲，你小舅那是天上文曲星下凡。"

咿呀咿呀，还文曲星下凡，这话也说得太大了。我很烦我妈那套下凡论，我曾问我妈我是什么星，我妈说我是一颗吵星。从此我便对我妈这套歪理邪说没有了好感。

不管怎么说，生命里有了个发财的舅舅，成了我小小的骄傲。上小学和中学，学校经常让我们填一些表，逢到填写姑舅姨亲属那一栏，我第一个会写上小舅，单位：深圳五八集团公司；职务：总经理。我从不写大舅，也不写亲姑亲姨，他们都是农民，我妈已经是农民了，再多一个我觉得蚀人。然后我会写表姑，单位：县人民银行；职务：副行长。这便好了，虽然我的字歪七扭八，成绩一塌糊涂，但我家世显赫，出身富贵啊。

我把这些记忆中的小事说给我的表哥表姐们听，他们一个个笑得差点儿把食物喷在火锅里。

我说："我也不知道那时候怎么就有了这样的思想，就觉得穷是一件羞耻的事。"

表哥表姐们终于不笑了。我们都是一根藤上结出的瓜，除了小舅跳出了农门，披挂了一身城市衣服，我们的童年都是跟着爹娘在泥田里打滚儿。

添了汤，火锅暂时停止了沸腾，我们也安静了一会儿。秋表哥说："你小时候国家已经改革开放，农村分田到户，虽然穷是普遍的，但贫富有了差距，一旦有了穷与富的差别，嫌贫爱富就是很自然的事。"

海表哥说："其实我们小时对小舅生出过一些幻想，幻想走出去的小舅能伸出一只大手拉我们一把。"

年表姐也说："我们那个时候能靠什么改变命运呢？一靠读书，可农村孩子靠读书，家里劳力不宽展，钱也不宽展，读书读得战战兢兢，指不定哪天家长就来学校搬桌子。像我家供了我哥就供不了我，能让我读到中学毕业，已经是父母莫大的恩情了。二靠什么呢？靠亲戚。像我们村有个人当兵出去提了干，然后就把他家里的侄儿侄女外甥拔萝卜似的，一个一个全拔到了城里。看着别人的叔叔姑姑姨妈和舅舅都八仙过海，各显神通，我们那个时候也真的指望着小舅能像菩萨一样，显一显圣，让我们有个奔头。"

年表姐的话让我们想笑，却又笑不起来。记得那年我们家盖房子，我爸动过找小舅借钱的心思，但我妈没有接话。

我妈的意思是，不到节骨眼儿上，不要去找他。什么是节骨眼儿呢？她觉得在家人有重大疾病时，在我读书毕业找工作时，在人生至关重要的节点上，小舅一伸手就能扭转乾坤满血复活。母亲是把小舅当成了王牌，不到见底是不能出王炸的。

“小舅到底有没有钱？”酒过三巡，我们差不多异口同声地问秋表哥。

在我们这些表亲中，秋表哥与小舅是接触最多的，他一年中在上海待一半时间，在深圳待一半时间；再一个他是我们当中的“首富”，弄不好也有可能是整个白氏亲族的“首富”，毕竟小舅的底我们一直没摸清。

我们掐指算过，秋表哥的资产大约上亿了。他在深圳和上海都有房有厂有仓库，一个公司养着几百号人。虽然他总是自谦说是过过小日子，可他的小日子跟我们的小日子那是两个概念。他的大中华一摆上桌，海表哥的黄鹤楼蓝腰带就吓得藏进裤兜里；他身上的乔丹威风凛凛地劈着一字马，而我身上的乔丹畏畏缩缩地蜷着一条腿；同样都是大众，但秋表哥的大众多出一排字母，他的车一上路，许多车都躲得远远的，给他让一道。海表哥说：“不怕奔驰和路虎，就怕大众带字母。”还有我们的车需要我们亲自开，但秋表哥的车有司机开。我们在座的，试问谁家逢年过节没喝过秋表哥顺丰快递过来的茅台酒、蒙顶茶。资本为大，一般秋表哥说话，哪怕就是放个屁，我们都觉得香。

秋表哥说：“我也不知道小舅有没有钱，我只能说几个事，你们自己判断。小舅这几年经常要去北京，他说他在北京国贸大酒店有个长期包房，我打听了一下行情，这没个百把万下不来，这是有钱人的做派吧。还有九妹和小舅妈她们在美国过得可不是普通人的生活，她们的房子买在富人区，前后都有大草坪，九妹开的是兰博基尼。这些都是小舅给她们创造的，有钱吧。可我前一阵公司资金周转不灵，缺笔钱过渡，找小舅开口借六十万，我想六十万对他来说是小意思吧，但他说没有。前年，白家岗修路，他不是抬起众人摔了一跤？所以有钱没钱，真不好说。”

秋表哥一番言语令小舅的身价越发像太虚幻境，这么多年都弄不明白，令我们有些垂头丧气，但也勾起新一轮的好奇。

与小舅第二次见面是在我十二岁。那年家里建房，工程几度因缺钱而停止，直到秋后姑舅姨们卖了粮、借了钱给我们，房子才上梁。我们一家人在稻场旁的窝棚里从惊蛰住到小雪才搬进新房。腊月初八办贺房酒。农村里盖新房算是一件大事，我们提前十多天就给小舅写了信。

记得大舅和姨妈们合伙给我们制了一块大匾，红丝绒的底面，正中四个烫金大字：华屋春晖。大匾披红挂彩，三个姨爹和大舅抬着，还雇了乐队。外婆走前头领着穿得色色新的姨妈表哥表姐们浩浩荡荡地，将这块大匾从白家岗一路吹吹打打地抬到我们家。为了迎这块匾，我爸在稻场上放了三挂万字鞭。

把这块匾送得这么声势浩大是大舅的谋划。在农村推倒旧房盖新房，一般都算作是女主人的志气，是在夫家的业绩。大舅这是在给他的妹子扬名立万。大匾是用两架梯子一步一步升上去的，每踏一脚，喊彩师就要喊一句彩，什么步步高升、五谷丰登、六畜兴旺、养子成龙、养女成凤之类的，母亲好激动，不停地用手抹眼泪。热火朝天之际，门口做支客先生的高喊一句："贵戚到。"我们一齐往外面看，屋檐下站着一个穿毛料西装，戴眼镜提公文包的男子，样子像极了中央电视台《新闻联播》里的领导干部。

这"贵戚"是小舅，他的从天而降令白氏亲族像是活捉了一只凤凰。

虽然稻场上一桌茶席才布上不久，只动过几块麦芽糖和黄豆酥，但为了凸显小舅尊贵的地位，我妈将其撤掉重新布了一席。白家人坐在一起热热闹闹地吃茶，时不时从讲话声中爆出一串洪亮的哈哈声。小舅出类拔萃的仪表吸引了满稻场的目光，连筛茶装烟的往这一桌跑得都勤便些。

那时秋表哥已经是第三次上高三了，小舅自然问起他的状况，他鼓励秋表哥，说："秋儿一定要扳下脑袋好好读，考个好大学，你一生的道路就平坦了。你是老大，有楷模和标杆的作用，你读出来了，底下的就会跟样学样，这样一个一个就都出来了。”

大姨爹吸了一口烟，弹了一下烟灰，说：“秋儿这书读得我骑虎难下，劳力劳财读了这么多年，考不取不甘心，考取了我为难，没钱呢，他小舅舅。”大姨爹说着低下了头。

一桌子的欢喜劲儿出现了片刻的低沉。每个人都望着小舅，仿佛他就是救苦救难的观世音菩萨。小舅略沉吟了一下，说：“先一门心思赴考，有我在，有白家这么多亲人在，不会让他考取了还读不成。”

小舅舅说话向来轻言细语，连下诺也不像村里人那样恨不得把自己的胸脯拍烂。我妈教育我时就喜欢拿小舅做比子，说有志不在年高，有理不在声高，像小舅舅，小声音也说得起大话。小舅的一番话把我的舅姨和我妈听得笑嘻嘻的。一个个都对秋表哥说：“这颗定心丸子吃得好，明年秋儿高考顶状元。”把秋表哥说得满脸通红。

我似乎也得到了某种鼓舞，在一旁扬扬得意。逢到有客人来打问这个“贵戚”时，我就会骄傲地告诉他：“这是我的小舅舅，亲亲的小舅舅。”

连我那在县里做人民银行副行长的表姑都托我爸引荐，跟我小舅握了手，交换了名片。表姑在我们当地那也是大筛子面上的人，饱受尊敬的，但小舅对她不过就是很平常的客气，表姑几次敬烟，小舅都给推了。虽然他个子矮小，但坐在人群熙攘的稻场上，表现出的那股有知识有文化有本事又有钱的气势，让我觉得小舅真的像庙堂里塑了金的菩萨，宝相庄严。

晚上最后一场宴席完毕，写账先生将人情簿交给我爸。爸妈连夜在灯下对账。我爸看完账本像是怕漏了什么，又从头翻了一遍。我妈问："你还查什么？这礼金跟账目是对的。"

我爸疑惑地说："我在找玉寿，你弟弟莫非没上人情？"

我妈嗯了一下，似也觉得奇怪，但转而说："没上就没上，他大老远地为你这场事赶回来，就已经是很大的人情了。"

我爸说："这个我知道，我不是争他的人情，只是奇怪，你说他千里迢迢的人都赶回来了，上个人情那不就是挖苕扯蔓子——顺带的事吗？"

我妈顿了顿，似怕我爸在此问题上过多纠缠，说："唉，人情再多总是要还的，他今天往我这屋里大匾下一坐，我觉得我这新屋都不一样了，蓬荜生辉。"我爸嘿嘿一笑，夸赞我妈蓬荜生辉这个成语用得好。

我妈之前就教给我一句话，说千里送鹅毛，礼轻情意重。小舅从深圳坐火车转汽车，那时荆州与松滋还没有架桥，隔着一条长江，得转一次轮渡，然后又是汽车转麻木（三轮车），路不平，那坐麻木的滋味可不好受，浑身骨头恨不得要颠散架，然后还有三四里小路得靠双脚亲自走。这么一段隔山隔水又隔岩的远路，小舅能回来一趟确实不容易。而且今天贺房子，我们家的亲戚六眷都来齐了，他们看到了我们家的大匾，看到了我们家的“贵戚”，还看到了我们家因这位“贵戚”有可能出现的光明未来。

我躺在床上跷着腿说：“爸，其实小舅也送了礼，如果说大舅和姨妈们送的是物质意义上的大匾，那么小舅送的就是精神意义上的大匾。”

我把话一说完，我爸妈都齐声喊：“呀！”然后我妈忽然捧着我的脸左右狠狠亲了一下，说：“这才是我们家今天最值得庆贺的事，我们家的小春来长大了。”

秋表哥在武汉的事情处理得差不多了，说是签了一个大大的单，武汉为迎接世界军运会，要彻底改造雨天积水秒变大海的现状，预备把两个区的下水管道重新铺设。他们公司的下水管道中标了。回上海前，他向我们在武汉的亲友发出邀请，再聚一次。这是庆功宴，我们自然不会推辞。

秋表哥请吃饭的位置很是隐蔽，在东湖边上小区里面，没有招牌，我们一路上被表哥在电话里指引，上了电梯，还以为是到谁家串门去呢。到达后推门进去，才知道这并不是户人家，确实是一个吃饭的地儿。一个一百五十多平方米的大平层，被设计得古色古香，墙根儿下一溜儿石佛头、香案、琴案、画案和茶案，粗糙却别有一番质感，高几上设着炉瓶三事，炉里青烟袅袅，一个巨大的白沙盘上画着枯山水，宋式风雅里掺杂一丝日式侘寂腔调。整个空间的光线阴暗但又层次分明，显然是刻意布置的。

厨房是开放式的，一个穿白衣服戴白高帽的厨师正烟熏火燎地忙着，一股油煎鱿鱼的香味在整个大厅缭绕。

我笑着说："吃顿饭，搞得偷偷摸摸的。"

海表哥说："这叫神不知鬼不觉，安全。"他是机关科室的，虽然手里没多少实权，但似乎也是个内行人。

秋表哥跟海表哥都呵呵一笑。

我们听不懂他们打哑谜，便看西洋镜似的，东瞅瞅西瞧瞧。秋表哥就坐在一旁的圈椅上抽大中华，边抽边笑嘻嘻地看着我们，仿佛我们缺少见识的表情能让他得到某种满足。那一刻，我有一种撞破秋表哥内心的感觉。

四个菜端出后，我们就被招呼上了桌，厨师依然在厨房为我们备菜。

那顿饭吃得真开眼界，一盘藕片和菱角米切得大小一致，加上几颗莲子铺排在冰山上，插上荷叶与荷花，再弄得雾气腾腾的，便是售价二百五十元的"秋塘三艳"，用筷子夹一颗莲子都得慎重，若不小心滚在地，好似刘姥姥在大观园吃鸽子蛋，一两银子没听个响儿就没了。年表姐从小生活在湖区，这些东西她小时吃得要呕。她说："二百五十元啊，我的天哪，这不是要杀人吗？那这几片生鱼估计得上千，我都不敢下筷子了。"又转向秋表哥说："哥，你的钱也不是大风刮来的，亲友相聚，不比生意场上讲排面，没必要如此破费。"

而我在经过最初的惊叹之后想法与年表姐不一样了，我在武汉待了八九年，他们也来了三四年，东湖边上来来往往多少回了，有谁知道这里面还藏着这样一个所在。想想谁吃顿饭需要隐藏得如此之深呢？可见秋表哥的生意早已鸟枪换炮，那利润就是清早船儿去撒网，晚上归来鱼满舱。

我说："小年姐，你就放心吃吧，咱们的秋表哥再不似当年旧模样了。作为一代豪绅，他有义务和责任让我们增长见识，这本身就是在引领我们向上，让我们知道人类天堂生活的模样，这就是富人对穷人的积极意义。"

"呵呵。"秋表哥笑了起来，笑得呛住了。他说："春来妹还是那么伶牙俐齿，一点儿都没变。你说这话，我倒想起了我人生中喝的第一杯咖啡、第一瓶红酒，吃的第一顿牛排，第一次感受漂亮小姐给我点燃香烟，所有这些城市生活启蒙的第一次都是小舅带我的。那时小舅总是给我灌输一个理念：'拼命赚钱，想要在这个时代活得出人头地，秘诀就是永远不能放弃对金钱的追求。'"

秋表哥举杯跟我们碰了一下，又抿了一口酒，说："金钱就是打开这个时代的万能钥匙。”

关于秋表哥和小舅之间的关系，通过大姨妈私下里透的一点儿口风，我们隐约也知道一些。舅甥关系一直并不怎么好，只是君子交绝，不出恶声罢了。

秋表哥当年终于以全县高考第一的成绩考取了华中理工大学，县里都给发了喜报，录取通知书寄到家时，听说邮递员想讨包喜烟喜糖，但看到大姨妈、大姨爹一脸愁容和家里的四面土墙后，只喝了杯三皮罐就走了。

大姨他们一直在等待小舅的主动关心，然后好顺便提一提经济上的资助，但小舅既没来信，也没拍电报。后来大姨他们决定办个酒席，一是喜庆喜庆，再就是体体面面地凑个学费。办酒就要接客，这就让大姨把被动化为了主动。别的客捎个口信，亲传亲，友传友，就都知道了，唯独接小舅舅稍微麻烦些，先是请我爸给小舅写了一封信，后又担心怕收不到，又专程到乡邮局给小舅挂了电话（那时电话未普及，只有乡邮局有两部电话供老百姓使用）。电话打通了，小舅向大姨道了恭贺，知道了酒席的日子，表示一定到场，还叮嘱大姨不要为学费担心，再苦再难都一定要让肖立秋把大学读完。大姨挂了电话，心里的负担轻了一半。她还很长远地考虑到怕小舅热，扇扇子担心他受累，经过一番心理斗争，咬牙花了二十块钱在百货店买了一把红运扇。

记得那天刚好立秋，但秋没有立起来，闷热得要命。好在大姨家门口有一棵花椒树，枝繁叶茂，像一把天然大伞，我们到得早，就搬了椅子在树荫下坐。花椒正值成熟期，一股特殊的芳香阵阵散发出来，蚊蝇虫孓驱赶殆尽，都不用拍巴扇，惬意得很。

秋表哥出来跟我们打照面，白白净净又腼腼腆腆。白家人都向他道贺，说这么多年的冷板凳没白坐，白家又出了一个大学生，给国家又培养了一个人才。

我爸对秋表哥说："你们家这棵花椒树长得好，像红顶子，一看就知道门户里要出人。"

我妈说："前不栽桑后不栽柳，屋门口栽树有讲究的。"

秋表哥说："这棵树不是栽的，是隔生（野生）的，好像是我读初中那年莫名其妙地钻出来的，当时都不认得。虽吃过花椒，但不知道花椒树长什么样，我爸当时要挖掉，我妈说等等看它是个什么东西，后来慢慢才弄清是棵花椒树。"

姨妈们说："花椒树在我们这儿确实稀罕。"

秋表哥说："估计是哪个鸟儿从远处带来的。这棵花椒树现在是我妈的宝贝，每年结的花椒可以摘一箩筐，卖了还很能补贴一下家用，我妈说要是没有这棵花椒树，我读不成高中，读不成高中就没有如今这个大学。"

听了秋表哥的话，我们又抬头把这棵花椒树上上下下看了一遍，觉得这是一棵神奇的树。

坐久了，我们小孩儿觉得无聊，便约着村里跟我差不多大的小伙伴玩去了。我们上树掏鸟窝，下河摘菱角，很快就饿得前胸贴后背了。我们坐在沟岸上等大人来叫吃饭，左等右等也不来，只得回来。大姨家的屋檐下站满了客人，我爸妈他们还在花椒树下坐着，满稻场人声鼎沸。似有几人对席面迟迟不开而有怨言。我朝我爸手腕上的手表数了数，已经十二点半了。我们那时还未流行三餐制，庄户人一天就吃两顿饭，酒席一般十一点开。我去里头问大姨什么时候开席，大姨说："厨子粗心，烧了夹生饭，正在加工。"可大姨隔一会儿就出来在稻场上望一下，一点儿都不像是家里饭没烧熟的态度。

大姨在望什么呢？哦，我恍然大悟，她在望小舅舅。

那顿饭直挨到下午一点钟才开席，宾客们饿得都已经顾不上餐桌礼仪了，鱼糕、鱼丸、扣肉、炖蹄一端上来，就空了盘。其实大姨还是蛮讲面子的，桌席整的是十碗，碗碗真材实料，可并没落客人多少好话。

宴席过后，大姨面上的神情像是遭了榔头棒，垮掉了。木木呆呆的，但还是时不时就伸长脖子朝村口方向望一下。大姨的这种期盼，让我从原先的想笑转为了难过。

大舅说："大妹，你别望了，望不到了，他要来早就来了。去年小妹贺房子，他不到十点就到了，前一天赶到荆州，次日一早从荆州起身，时间才来得及。"

我爸说："十一点还不到，来的可能性就不大了。"

大姨满脸担忧地说："怕不是路上出了什么事吧？"

大舅说："那不会，你不要瞎担心。可能是屋里有什么事，脱不开身，不要紧，他以后总是要给你一个说法的。"

我们也不断安慰大姨，叫大姨不要把小舅来不来这事放心上，不要为了小舅一个人，让大家的十碗都吃得不快活。

大姨总算是被逗笑了。

晚上留下吃饭的是姑、舅、姨顶首的亲戚，圆桌围了两桌。秋表哥中午坐了上席，这一次说什么也不坐了，非把大姨爹拉到上席来。大姨爹不肯坐就拉大舅，大舅拉我爸，我爸也不肯，就同大姨爹一起把大舅摁在了上席。他们你谦我让，弄得屋里一阵阵欢声笑语，大姨的心情也被感染得欢欢喜喜的。看到大舅和我爸喝酒脱去了外衣，大姨像是突然想起了什么，进房拿了一个大大的纸盒子出来，是一把红运扇，扇壳上写着"万宝"两字。那把红色的扇子插上电后，摇过来摇过去，为我们送来一阵阵惬意的清风，也为逼仄贫穷的小屋增添了一些喜庆。

大舅跟大姨父碰杯，说："大兄别担心，我们那个时候饿肚子都供出了一个大学生，如今这么好的条件，更没什么说的。"

我爸跟两个姨父也宽慰大姨父，说："一个好汉三个帮，我们几家合一起，就是砸锅卖铁也不会耽误秋儿的学业。"

外公因为痨病不能负重，但幸而他早年入私塾识得几个字，可以为生产队管理账目，所挣工分比外婆少不了多少。从外公身上，外婆知道识字的好处。大舅跟大姨只相差两岁，到了发蒙的年纪，两人先后进了学堂。大姨倒读得进，但外婆不让读，读了一年，认识自己的名字就辍了学。大舅读不进，但外婆硬把他摁在学堂，读了三四年，看他实在厌学，才罢了。此后接连三个女儿，外婆也都无心栽培，直到生下小舅。小舅屁股能在板凳上生根。

小舅初中读一半，学校动不动停课，但还是断断续续地读完了高中。白家一向是外婆撑门立户，女人当家为人不免强势，在村里没结上好人缘。小舅想上大学，村里不给推荐。外公便替他谋出路，想让他顶替自己给集体记账，不让；去村里小学代课，不让；去卫生队学个赤脚医生，也不让。大家伙儿就想看白白净净的小舅在泥田里干活儿。

小舅扛了锄头下地干活儿那天，村里人都早早出工来地里看热闹。从来没有跟庄稼和农活儿打过交道的小舅，笨手笨脚的样子成了村人的笑柄。白家姊妹心里极不舒服，在她们眼中如此珍贵的人却成了村人嘲讽捉弄的对象，她们抱成一团，再不让小舅出去干活儿，大有你躺着，我们养你的雄心。

在家足不出户的小舅抑郁了，成天躺在床上没个人形。

几个村人来劝外公外婆准备棺木，还说少年亡，不用多好的木头。外公气得痨病发作，夜夜吐血。屋里一下躺了两个男人。外婆提了一瓶农药，奔到小舅床前说："儿啊，我一生为人强悍，自嫁入你们白家，知道这家光景，从不肯输半分斗志，如今你这样不争气，我这志量也减了一大半，你若体谅为娘，咱们就一起活，你若狠得下心，咱娘儿俩就一起死，黄泉路上做个伴儿。"外婆拧开就要喝，小舅喊了一声妈，外婆止住了，然后小舅奋力下床，将药给打翻了。从那以后，小舅像是换了一个人，任谁笑话也不惧怕。他去担水，洒了一担又重新担起一担，耕田拢地什么的，他也不着急下田，只坐在田埂上细细看，等看出了门道再去弄，渐渐便在农活儿上有了心得。他还买了一些农技方面的书籍，活学活用，制种、害虫防治什么的，很快就在生产队的种田把式里有了一席之地。

两年后，我妈跟我爸相识了，我爸有次去白家岗看我妈，除了给我妈带了一身衣料，还带了一个惊天的消息：国家要恢复高考，工人农民都可以报考，考上了国家包分配，自此便是国家干部啦。这个消息不亚于一声惊雷炸在白家屋脊上。国家干部，一听就位高权重，白家人太明白干部在老百姓日常生活里的重要性了，莫说是公社干部、村里支书，哪怕是生产队队长站在田埂上，也有人堆着笑上前去打根烟，敬杯茶。倘若家里能出个干部，便如孙悟空的金刚罩一般，没人再敢欺负了。

那年高考是在冬天。本来我妈是要过年前嫁给我爸的，为此事也推迟了婚期，留在娘家照顾备考的弟弟。我爸也频送殷勤，将自己当年读师范的教材送给小舅，还为小舅手抄了一本代数。去县里赴考，也是我爸联系县里银行的姑婆弄的车。

腊月二十八，我爸终于收到了小舅的录取通知书，他赶紧去给小舅报信，外公外婆高兴得把过年的鸡提前杀了来庆贺。白家众姊妹也扬眉吐气，个个出门脸上都是得意之色。

小舅考取了大学，但村里不放人，说小舅是个农业天才，他一走就没了好收成，广大无产阶级兄弟要饿肚子。把小舅气得冒烟。“到这个时候了你们还欺负我。”外婆恨恨地想，但事关她幺儿一生的前程，她把一腔怒火给忍住了，还是得低下身子去村支书那里走一趟。先是大舅去的，提了酒称了一捆叶烟并罐头和两对烧饼，这对外婆来说已经是下了血本。但没成，村支书态度很强硬，不收东西也不放人。末了，外公去柴房拿了一个装火屎的坛子，从里面掏出一个木盒子，盒子里藏着一块金如意。外公外婆把大舅两口子叫来，意思是眼下只有拿这个去试试了。大舅说：“这可是祖上传下的，为保这个东西，当年没少提心吊胆。”外婆说：“不过就是个金疙瘩，今儿为你兄弟舍了它，日后他挣个金山给你。”大舅说：“我不过随口一说，从未想过要阻兄弟的前程。”

从不肯低头的外婆拿了金如意去了村支书的家里，生搬硬套讲了许多好话，直到村支书同意放人。

次年春天，小舅上学，白家女儿都回了娘家，看着小舅背着包走出白家岗。大姨一时情热肠动，嘤嘤地哭了起来。那时秋表哥已经有了些记忆，他说："看到小舅出白家岗，就跟西游记里孙悟空驾船出海寻求不老仙方，好拯救猴子猴孙脱离无边苦海一样。"他还说，走出洼地，在高岗上回头摇手的小舅头上似有一道光环，光彩夺目。

秋表哥上大学那会儿，正是邓小平同志南方谈话归来，全国涌现下海潮，铁饭碗不如活脑袋，很多体制内的都以脱离单位去做生意为时尚，连好不容易转为公办老师的我爸，那个时候都想出去印教辅资料卖。我们村的男女老少也不再把村支书放眼里，而是谁出去挣的钱多谁说话就算数。秋表哥大学毕业后本来是分了一个好单位的，但他瞧不上，他雄心勃勃地直奔深圳，说那是改革春风吹得最带劲的地儿。

那时小舅已在深圳五八药业集团当上了财务经理。虽然秋表哥大学宴缺席一事，小舅后来也没给大姨一个说法，但大姨也并没有因此事对小舅心生怨怼，至少我们耳朵里没听过什么话。大姨对小舅有不满是在秋表哥去了深圳之后。

秋表哥大学毕业后来深圳首先投奔的是小舅。他所说的第一杯咖啡、第一瓶红酒、第一顿牛排，还有漂亮小姐给他点烟，这些都市风情都是小舅带他领略的。但秋表哥投奔小舅的主要目的不是体验这些，而是想通过小舅帮他找个工作，毕竟小舅是白氏家族第一个城市“拓荒者”。在秋表哥看来，小舅是一条捷径。但小舅对这个刚出大学校门的外甥很是看不上眼，觉得他木讷、呆板、不活泛，不能在改革大潮中腾起浪来。那时秋表哥也想进五八集团，但小舅并没有替秋表哥引荐，他的顾虑是怕秋表哥不会做事，反倒牵带了他的脚后跟。

他给秋表哥安排的事是让秋表哥去售药，售药所得，五五分成。售药就售药吧，秋表哥说他反正也不挑剔，可关键售的是那种野药丸，什么壮阳、回春、醒酒、迷情，乱七八糟。怎么售呢，说小舅也指了一条道，去夜总会、酒吧、洗浴楼，去那些灯光昏暗的犄角旮旯。秋表哥也去了。秋表哥说他在售药的过程中看到了改革之初的光怪陆离，在兜售这些药品的场所中见识到了金钱的魔力，那些左拥右抱、莺歌燕舞、声色犬马、纸醉金迷每天都如电棍敲击着他。

大姨对小舅的意见倒也不光是因为小舅让秋表哥兜售那些疯魔的药，而是秋表哥投奔小舅时，小舅连住处也没给秋表哥安排，每天晚上就给秋表哥两床薄被子，让他在楼道里打地铺，屋都不让他进。秋表哥来深圳投奔小舅，一是寻找工作，二也是想图个落脚的地儿节省生活成本，毕竟家里就那个底子，为了他读书，他的妹妹，我们的大表姐连初中都没读完就潦草嫁人。小舅倒是就这件事跟大姨解释了，说是屋子小，不方便，小舅妈脾气又古怪，小表妹那时又正值钢琴考级，怕影响到她们。但大姨妈不过就表面敷衍了一下。

这样过了几个月，秋表哥觉得售药和打地铺都不是长久之计，便开始制作简历，往各个公司投递，很快他就被一家地产公司录用，他就是在地产公司就职期间看准了下水管道的商机。他跳槽出来做这个还征询了小舅的意见。小舅当时认为秋表哥暂时能力不够，贸然投身商海，风险多于利益。但秋表哥还是坚持了自己的想法，并且迅速掘了第一桶金，后来局面一打开，市场越做越大。

2000 年，大学毕业六年的秋表哥头一次回家过年。在我们那儿，像秋表哥这种一隔好多年都不回家过春节的人一旦敢回家过年，那就表示发迹了，脱去蓝衫换紫袍啦。这一次春节，秋表哥的几件事都载入了我们镇的史册。我们镇上的第一辆宝马车是秋表哥开进来的。他带着大姨和大姨爹来给我们辞年。我们这里过年前也要把顶首的亲戚走一遍，叫辞年。听说秋表哥是开车来的，我们都下楼在校门口迎他，引导他把车开进来，停在操场上。很多老师和家属都围拢过来，说这就是宝马，传说中的宝马。秋表哥下车后，跟众人点头，还给每个人都打烟，芙蓉王的。然后他打开后备厢，我看见后备厢里有四个一样的纸袋子。秋表哥拎了其中一个纸袋子递给我爸，我爸接过后，手不由沉了一下，我猴儿急一通扒拉，袋子里有烟有酒还有一个白色的小盒子，我拿出来一看，妈呀，是手机啊，夏新翻盖的。我可以确定当时我的眼珠子在眼眶里咚地弹了一下。

秋表哥说："听说你也上了大学，送给你的，方便联系家里和同学。"我捏着手机，傻子一样地点头。他不知道我做梦都想拥有一部手机，因为价格之故，我没有勇气向家里张口。面对秋表哥的大恩大德，我几乎要给他跪下了。

那一次回来，秋表哥很是花费了不少，除了烟酒、手机，过完年拜年，每家又包了一千块的红包。镇子上第一次包红包包一千块也是在秋表哥这里起的头。春节里我们几家轮换着拜年，人群都以秋表哥为中心，尤其是我，时时都挨着，生怕跟丢半步。秋表哥想坐，我立马把椅子搁在他屁股底下；秋表哥想喝水，我立马把杯子递到他嘴巴边；秋表哥一入席，我就把酒给他满上。我为秋表哥像驴拉磨似的转来转去，一点儿都不累。

海表哥说："春来妹这脚上是绑了神行太保的甲马吗？"

我一愣。

兰表哥略一沉吟，说："戴宗的甲马跑直线可以，不能横着跑，更不能转圈儿跑。"那时兰表哥已大学毕业在镇上高中教物理。他似斟酌了一番，说："春来妹脚上踩的应是哪吒的风火轮。"

桌上亲友一顿大笑。我也跟着他们一起笑，笑得比他们还大声，想让我难堪，没门儿。

秋表哥返城起身那天，白氏亲族来到大姨家，都给秋表哥带了点儿特产，米啊油啊蛋啊菜啊，这些秋表哥都没有放在车上，只带走了我爸给他写的一幅字："自古逢秋悲寂寥，我言秋日胜春朝。晴空一鹤排云上，便引诗情到碧霄。"我说："爸，秋日胜春朝哈。"我爸一愣，继而呵呵笑。都说我对秋表哥跟进跟出，这些人包括我爸不都是这样吗？我言秋日胜春朝，听听，我爸为了长外甥志气，不惜灭亲生女儿威风。

临行时，一众亲友握着秋表哥的手千叮咛万嘱咐，叫秋表哥好好干，千万要听话，别走错道儿了。秋表哥自然是点头。他穿着一件红色羽绒服，头发茂盛如葱，梳着偏分，架着一副金边眼镜，他鼻子又挺，嘴唇带着点儿自然红。高高大大地站在灰不溜秋的庄稼人堆里，默默散发着一种金钱与文化并存的高级气质。我从来没有认为秋表哥帅，这次眼光忽然上了一个台阶，觉得秋表哥的人才真的是白氏表亲中最出众的，无可争议。我朋友说势利眼看人就是这德行，可能吧。

秋表哥好容易上了车，关了车门了，亲友们又隔着窗玻璃再次叮咛，说老大不小了，要成家立业啦。什么老话云"乱滚的石头不长苔，流浪的汉子不招财"，男人不成个家，挣再多钱都留不住的。大姨跟大姨父喊了声阿弥陀佛，觉得这话硬是说到心坎里了。大姨态度强硬，说："下次若再一个人，就不要回来了。”

可不是吗？头一回省亲，就烟啊酒啊手机加大红包的，抛撒的，若没个女人管着，再回来几次不得破产啊。我心里也为大姨盘算。

秋表哥发动引擎，白家长辈们才跳着离开，生怕车轮子碾到了他们的脚丫子。总算遇了空儿，我们表兄弟表姐妹们围了上去，抓紧时间说些祝福的话，一路平安，一路顺风，慢点儿开，到了报平安这些，只有我思考得深远，扒着窗玻璃问他：“表哥，你今年过年还回来不？”

秋表哥说：“你没听你大姨说，要是一个人回就不要回了。”其实我是心里面想到了笔记本电脑。他一回来就送手机，再回来可不就是笔记本电脑了。

就是那次秋表哥省亲之后，大姨才开始把对小舅的一些看法私下讲给白家姊妹。

有了手机后，我就加强了与秋表哥的联系，对他的另一半问题操碎了心。不能不操心啊，这关系到秋表哥是否能再回来过年的重要一环，往后的年，若秋表哥不回来，还过个什么劲儿。可这样的情感事件秋表哥哪肯对我说，他当我是小屁孩儿呢。我对他再三表示了我的诚恳，他也渐渐地跟我吐露了一些想法。他说他恐婚，主要是怕步小舅的后尘。

他这一说，我脑瓜儿顿时就响了一下，茅塞顿开。

小舅虽然对他的身价瞒得深紧，但对他的婚姻倒是在亲戚面前抖搂个干干净净，谁都知道他跟小舅妈的感情稀巴烂。据他自己说，当年是小舅妈看上的他，死活要跟他。这话当时我们都信，如今回过头想，一个响当当的大武汉的城市姑娘会倒追一个贫穷农村的小伙子？何况这小伙子个儿还不高。小舅说小舅妈当年是一个小厂工人，他是上级单位的小头头，被派遣到厂里做调查。其间，在报纸上发表了几个豆腐块，便成了厂里口口相传的大才子。好像说小舅妈那会儿也是文艺女青年，常拿了自己写的东西去敲小舅的门，敲来敲去就敲出了故事。

后来小舅好像是看出了小舅妈的什么缺点，断定两个人在一起不合适，想抽身而退，可小舅妈不答应，听说还找了娘家兄弟把小舅揍了一顿。反正最后两人还是扯了结婚证。小舅结婚这事他也只在信上提了一下，也没说什么日子，更没说摆不摆酒。

听说婚后两口子回来过了个春节，还说那次两人不知为什么突然在屋檐下吵起来，只听小舅妈说了一句："你凭什么自作主张要加二十块？"等我妈他们赶出来看时，就见小舅妈一巴掌扇在了小舅的脸上。把我妈他们都扇蒙住了，在他们的心里，敢扇小舅耳光的人得到下辈子。小舅想还手，但还是被姨妈们拦住了。白家人本着息事宁人过个安稳年的态度劝说小舅，男子汉大丈夫不要跟女人一般见识。这当然是明面上的，实际上那个响亮的巴掌无须小舅说什么，他们也都知道了小舅这个婚结得糟心。

次年听说小舅还闹过一次离婚。本来这事白家一点儿不知情，是因为有一天，小舅妈突然到了白家岗，那天刚好下了雨，她一双皮鞋跟一对裤脚像是泥糊的。小舅妈此番前来是问小舅下落的。白家人这才知道他们在闹离婚，说是小舅有一两个月没着家了，几次去单位也没找到人，问单位领导同事，说他一两个月没上班了。能找的地方都找遍了，这才来他老家的。外婆一听，心急如焚，一两个月没落屋，屋里人都不知道音信，只怕是不好了。一时大哭，说："我就知道我的儿心里过得不舒服，一个人在武汉，没人疼，心里有苦说不出，我的儿要是有个三长两短，我又找哪个讨说法去。"小舅妈看这情况，知道小舅没在这儿，且屋里的气氛也没她的立足之地，便走了。稻场上爆火泥，小舅妈一脚一个坑，走得跌跌撞撞，差点儿摔倒。外婆、大舅和大舅妈没一个开口留她喝杯水，吃餐饭。小舅妈一走，外婆也不哭了，像没事人一样。大舅纳了闷儿，说："这么快就不担心你幺儿了。"外婆说："我还活着，他还敢寻短见不成。"

小舅妈走后的第三天，听说小舅就回了家。外婆朝小舅看了老半天，长叹一口气，说："你回家去吧，别闹了，好生过日子，我瞧你媳妇肚子打了兜，有了。"外婆又说："生了你，我就给你算了命，算命先生说你的八字各方面都好，就是婚姻上不好，怀抱一个冰人，一辈子讨不到女人的热乎气，这是命啊我的儿。”小舅听此话，自然是痛哭流涕。

其实我后来想，小舅妈那次独身一人来白家岗是不容易的。这犄角旮旯，她一个城里的女人不过是跟小舅来了一次，方向估计都没完全摸清，就凭着模糊的记忆只身前来。千里迢迢，舟车劳顿，想见这一路上颇多狼狈。来了后连口热茶也没喝上，又往回赶。又是风，又是雨，水一脚，泥一脚。我有时候替小舅妈想一想，那会儿她的内心也是恓惶和委屈的。此后，在我的记忆中，小舅妈只在我六岁那年来过白家岗，便再也没有来过了。

从大人的口中得知，小舅与小舅妈的状态基本是三天一小吵，五天一大吵，还打过不少架，当然每次小舅都没打赢，他本来就是个子矮嘛。小舅婚姻的不美满几乎成了白家人心里一个坎儿了。

关于小舅和小舅妈的婚姻状况我们不过是听说，但秋表哥可是真真切切在他们的近旁待过一段时间的。秋表哥说：“这辈子宁愿打光棍儿，也不要过像小舅那样的生活。”他说小舅妈很善于营造一种低气压氛围，在家的小舅就跟道旁遭霜打的茄苗似的，身板从来没挺直过。小舅洗出的盘子咯吱咯吱会唱歌；白衬衣洗完还要对着亮光看，生怕漏了一个污点；跪在地上擦地板，擦得锃锃亮；台面上的瓶瓶罐罐一件一件摆得整整齐齐。秋表哥都不敢相信这就是当年他视为神祇一般的小舅，指引白氏家族前进方向的伟大导师。一个云端上的领袖，一个家族的楷模，竟如此地折下腰身，低到尘埃里。秋表哥内心里如遭遇了泥石流，山崩地裂。而他在小舅家盘桓的那些时日，小舅妈对他的诸多生活习惯也明目张胆地表示出了刻薄的嫌弃，这同样也给秋表哥的心理造成了巨大冲击，以致他不敢恋爱，对女人有种心理和生理上的害怕。

不过秋表哥最后娶了上海小姑娘，听说两人是在火车上认识的。让秋表哥动心想娶她，是因为一个细节。当时火车上与他们相对而坐的是一对贫苦老夫妻，泡一碗方便面，还你一口我一口，吸溜吸溜，吧唧吧唧，边吃还边抹鼻涕。连从农村出来的秋表哥看得都起鸡皮疙瘩，但他旁边的姑娘却全程带着善意的微笑看着对面两位老人，还打开包包，给人家递过两片香喷喷的纸巾，老人家吃完了，又帮人家去倒了垃圾，一点儿都没有表现出嫌弃的姿态。秋表哥说那对老人令他想到了自己的父母。正是这个姑娘的善良与温柔，令秋表哥鼓足勇气要了人家的手机号码。然后他专程去了几趟上海，做了细致又全面的考察，最终表白了自己的感情，也向对方交代了自己亲戚六眷的家底。

事实证明，秋表哥的眼光还是不错的，不然我们后来哪里会有茅台酒和蒙顶茶喝呢。

与小舅的第三次见面是在2009年，我都是“奔三”的人了，在武汉已成家立业。那是小舅第一次与我主动联系。他在电话里告知了他要来武汉办事，以及抵达的时间，并详细地询问了我的居住地，问我小区附近有没有好一点儿的酒店，帮他预订两晚，他给我转账。亲亲的舅舅到我这里还要住酒店，这不符合白家的待客之礼，再说好一点儿的酒店住两晚也不便宜，这钱我出划不来，他出又没道理。我便诚挚邀请他住家里，一来显得亲热，二来在亲人们面前也好看。他爽快地答应了。

放下手机我郑重地对我那口子说：“我小舅要来武汉。”

他惶惑：“你小舅？”

我说：“哎呀，就是那个很有钱的小舅。”

他似是想起来什么，说：“就是那个第一代高考大学生？你说你上学读到《我的叔叔于勒》那篇课文，非常有共鸣，菲利普一家对待于勒的感情跟你对小舅是一样的，是不是就是那个舅舅？”我忘了啥时竟跟他说了这些，不过差不多吧。只是我的小舅没有像于勒那样落得个替人割牡蛎的潦倒下场。

也不怪他对我这个小舅不熟悉，这么些年，我们这些表亲婚嫁生子，他从来都没有出现过。秋表哥的婚礼办了两场，上海一场，老家一场，我们整整齐齐地参加了老家那一场，但小舅一场都没有参加。我们这些跟在秋表哥后面办事的，也就不再通知小舅，与小舅本来淡漠的感情就更淡漠了。这么多年，我们在乡间贫穷的土壤里挣扎着前进，除了秋表哥，后面这些读书的、学艺的，现在也都在镇上、县城里、市里扎下了根，安居乐业。对于年少时有过的像菲利普一家对于勒的期盼，现在聊起来都会打趣和嘲讽当年的我们。我们已经看破、放下、自在了。

我们两口子对于小舅的到来，很是重视。一个小两居的房，为了让小舅住得舒服，决定把主卧让出来。利用周末的大晴天，我们跑上跑下地把床上的铺盖都拿到楼顶曝晒，洗衣机整个上午都在不停地转动，洗床单被套、窗帘地垫。忙活了两天，总算把整个屋子收拾得干干净净，洁白的窗纱、浅绿的窗帘，没有一丝褶皱的床单，地板和家具能反照出人影，仿佛屋子里每一粒细小的尘埃都被清洗过。

夜里我们两口子瘫在客卧一米二的小床上，那口子竟发起感叹，说："在资本主义社会里，亲情也是暗地里标了价格，富亲和穷亲那绝对是不一样的。嗯，你说如果是你大舅来了，你会给这样的接待标准吗？"

"无聊吧你。"我扯过被子翻过身去不再理他。但我在心里问了自己，如果是大舅来了，我会这样上蹿下跳地忙活吗？应该不会吧，就算会，也会偷工减料。但这样的区别接待，真的是富亲与穷亲的区别吗？我深刻地觉得也不是，我们这些外甥、外甥女在情感上都是与大舅亲近，但我这样为小舅辛勤忙碌，很大意义上似乎是为了一种展示，展示我们晚生后辈在青天黄土里，没有依靠救世主，没沾白大真人一丝一毫的光，凭着我们自己也在城里安营扎寨了。

风平浪静时，小舅总是把自己塑造成一尊神，给我们无限的希望，每一次我们站在难关口，他又及时进入信号盲区联系不上。即使联系上，也是各种为难，股票套牢、孩子住院、存款死期、投资项目，栀子花茉莉花的。我们家没有联系过小舅，但二姨和小姨她们联系过，加上以前有大姨的说辞，我们自然也就觉得小舅虚伪。但白氏家族的传统，自家的屎再臭都得捂着，所以这些流言只在她们姐妹这儿止步，都没传到外婆和大舅耳朵里，整个白家岗对外婆和大舅都是恭敬的，觉得秋表哥赚大钱，海表哥考公务员，兰表哥当老师，科教文卫上都有人才，一大家子风调雨顺皆是他白玉寿的手段。说这才是“一人得道，鸡犬升天”。白家人从不去辩解澄清这些传闻，就这么供着白大真人。

小舅如期而至，给我打电话时已到了小区门口。我一下楼就看到不远处一辆黑色奥迪 A6 正试探着前行，走近一看果真是小舅。我引导他把车停到我们楼栋下面，我老公也下来替小舅拿行李，并处处抢先一步开单元门、电梯门和房门。

小舅进屋换上我专门为他准备的新拖鞋，在客厅里四处打量房子。我打开主卧的门，把小舅的行李箱放了进去。我说：“小舅，这是您的房间。”小舅进来一看，想必是感受到了我的热情和隆重，面上很感动，说："好，好。"然后他打开箱子的密码，从里面拿出一个盒子，说是给我的。打开一看，是一只印着火烈鸟和龟背竹的玻璃水杯，双层的，不算稀罕，但因为我是杯子控，便开心地向小舅道了谢。

乍相逢，虽是亲人却又很陌生，怕冷场又不知道该说些什么。我说："小舅您开了大半天的车，也累，要不休息一会儿？我们把饭做好了叫您。"

他说："好。"

我退出替他关上了房门。想必我在他心里也是一个有着血缘关系的陌生人吧。

好在桌子不大，五六个菜就有丰盛之感。碗筷摆好，酒斟满，我进去把小舅请上桌。老公陪小舅喝酒，我在一旁请菜添饭，照顾席面。起先都很拘谨，三杯酒后，气氛活跃起来。老公说："小舅五十多岁了，却一点儿看不出老，若我们走到街上，别人都以为是哥儿俩，绝不会想到是甥舅。"小舅呵呵笑，骄傲地自谦，说："哪里哪里。"然后又碰一杯，喝下。

小舅问我老公是不是武汉人。我老公说不是，是吉林的。听到吉林，小舅竟莫名有些兴奋，说："吉林人好，我一个要好的朋友也在吉林，我曾救过他的命，他总说要变牛变马报答我，滴水之恩当涌泉相报。"

我问："男的女的？"

不知道是不是小舅没听见，对于这个问题他没有做出什么反应。而我也觉得这人是男是女并不重要，不好再问。我说："这个优点我倒没感受出来，就他学舌这一点如拜了鹦鹉，一口汉腔要的，好多人都以为他是武汉人。"弄清了外甥女婿的底细，小舅便以老武汉自居，说起他从前在武汉的一些事情，讲吃讲穿讲玩讲乐。小舅继续向我们科普武汉的人文地理。他说，他以前在武汉是住汉口民众乐园那里。他一说，我和老公都哦了一声，以示对那个地段一平方米达三万块的崇高敬意。小舅说："民众乐园连着六渡桥这一段，是武汉老汉口的正宗窝子。"我们当然只有点头的份儿。

小舅伸出一个手掌比画，说："武汉是两江三岸格局，长江、汉江在此合流，把武汉分成汉口、武昌和汉阳。汉口是经济中心，银行、当铺都是在这里扎堆，有钱人多。武昌呢，高校云集，是读书重地。汉阳全是厂子，工人苦力满大街。一年里，汉口人过武昌来，了不起就一回，武昌人去汉口呢，一年三四回吧，但汉口人和武昌人从来不去汉阳。为什么呢？武昌人瞧不起汉口人，觉得汉口人一身铜臭没有文化；汉口人也瞧不起武昌人，觉得知识分子一股穷酸气；汉口人跟武昌人又共同瞧不起汉阳人，觉得汉阳人又穷又没有文化。"

"哈哈哈哈……"我们一顿大笑。这是我们来武汉后，第一次听到这么演绎武汉三镇的段子，又形象又风趣。这个梗令舅甥俩下了不少酒。

我探问小舅此次来武汉的安排。小舅细细地嘬了一口酒，面上活泛的笑容隐去了一些。他很认真地说：“我是来联络老同学感情的，听说我们那一拨的同学现在有几个做官做到省里了，有一个还是副省长呢。”小舅这样说，言语中也藏有几分不易察觉的骄傲。

我问：“您是长期跟他们有联系有来往吗？”

小舅说：“没有，我们那个时候没有电话，一毕业就跟鸟被枪打散了一样，几十年间同学音信如石沉大海。要不是官当大了，浮出了水面，谁知道呢？”

说完他们继续喝酒吃肉。我却直觉小舅这事不大靠谱，有竹篮打水一场空的预兆。几十年没联系的同学想必当年同窗感情也一般，如今人家当了大官，你才来投，明显不是投情，而是来投利的，现在的人多有觉悟，哪里会轻易相见。政府机构拆了院墙，看上去没有从前的壁垒森严，但有门啊，门口有保安，那门也不同于以前的门，凭你孔武有力就能推开。人家都是高科技，进去得刷卡。当然若是里面的人想见你，自会“蓬门今始为君开”，但若是不想见你，你便是“小扣柴扉久不开”，关键你也没“小扣”的机会，一伸手就会被保安架走。

看着被酒气熏得红光满面的小舅，忽然觉得在外面闯荡了几十年的小舅还不识人间真滋味。他都没有感受到这个时代的人际关系已经悄然发生了变化。血缘都一不定靠得住，更何况是几年同窗。

看小舅一个劲儿地说这个酒好喝，我那口子便从酒柜里又扒出两瓶，装在礼盒里，说："这个酒还是您家乡的酒，二十年的白云边，难得您喜欢，送您两瓶。"

小舅高兴地接下，说："好好好。"

次日，我们仨差不多同一时间起床。穿着一套蓝色真丝睡衣的舅舅，不论个头儿，看上去还是很有时下流行的大叔范儿的，小腹这块儿比我还平坦，红光满面，精神抖擞。他在卫生间洗漱台躬身良久，刷牙、洗头、上护发素，吹风机吹干，还用弹力素抹出造型，以为他接下来洗把脸就完了，但看他细细地挤出一点儿洗面奶，在脸上打圈儿，我就知道这不是一时半会儿的事，便赶紧催促老公在阳台的水龙头下接水刷牙，把眼屎擦干净得了，不然上班要迟到。

幸亏我决策英明，等我家那位提包出门时，小舅还在那儿拍拍打打，随即出来，脸上竟贴着一张面膜，饱满多汁，水乳交融。他跟我老公道别，祝他工作愉快。我老公一边回应一边愣神，头差点儿被门夹着。一个东北爷们儿认为男人擦个大宝都是娘炮，如今亲见老娘舅敷面膜，连我的内心都泛起了涟漪，他那里定然是白浪滔天。

我上班倒不急，可以气定神闲地在沙发上看一集韩剧等舅舅。终于，小舅马甲领带，手表皮包，收拾得像早年间东洋归来的留学生。我对小舅的衣品表示了欣赏，他道了声谢谢，临走拿起了昨天我们送给他的两瓶酒，说是去送人。看他进了电梯，我有种他今天会出师不利的感觉。他若是空着手还体面些。

晚上下班给小舅打电话，探问晚餐问题，怕他外面有留饭，我们小两口就可以随便吃一点儿，但他说马上就到家，没吃饭。我们便想着到外面去吃一顿，刚好楼下有个汉调馆子，做的排骨藕汤和牛蛙烧鱼脸还不错，可以让小舅品尝一下久违的武汉味儿。但小舅说他有上火的迹象，怕油怕辣，我们便重寻了一家粤派餐厅。

我们是坐小舅的车去的餐厅，我留心看了座位和后备厢，发现那两瓶酒不在，看来是送出去了。小舅定然是有些背景的，不然两瓶普通白酒怎么可能敲得开几十年都不联系的高官同学的门。我忽然觉得握着奥迪 A6 方向盘的小舅如桃花潭水——深千尺啊。

在包厢里，我琢磨着菜单点了贵妃白切鸡、蜜汁排骨、白灼虾、瑶柱节瓜煲，空儿里瞥到小舅手腕上的表，银光灿灿，大表盘里还嵌有两个小表盘，各个指针都四平八稳地走着，不知道牌子，感觉应该是贵得不讲道理的那种。忽然生起一种奇怪的心理，竟咬咬牙加了一道清蒸东星斑。一桌子老广的味道。服务员起先是个大妈，后来又换成了小姐姐。她细腰软语，为我们侍奉茶水，烫洗杯筷，传递肴馔。

“先生，这酒要开吗？”小姐姐拿起我自带的红酒弯腰询问小舅。

“开吧。”

“好的，请您稍等。”小姐姐出去后，不一会儿就回来了，她将红酒倒在醒酒器内，然后为我们分杯，双手呈上，毕恭毕敬。

东星斑上来了，小舅吃了一口，说：“嗯，味道很靓。”他才吐一根骨头、三根鱼刺，服务员就很热情地给更换了骨碟，顺便把我们的也换了一遍。这样的殷勤礼遇，让在外面吃了无数顿饭的我第一次感受到了尊贵。这定是因小舅之故。他穿着考究得体，身形结实硬朗，头发乌黑浓密，早上出门时的那个造型还在，浑身散发着一股淡淡的香味，金边眼镜，镜片像星星一样亮，特别是手腕上被衬衣遮了一半的手表，一举一动，流光溢彩。小舅通身散发出的大佬气质让餐厅觉得这不知是何方神圣驾到，有不可怠慢的强大气场，故服务员有礼有节，处处示好。此时，金钱再次展现了它的万能，灿烂的笑脸和真诚的逢迎，处处柔情，时时蜜意。有钱人的世界真他妈的美好，我一边恶心着又一边享受着。

沾着舅舅的光，我和我家那口子似乎也觉得自己人五人六了，席间的话题便不可造次，虽然谈不了中东局势、游艇石油和全球之旅，但鸡毛蒜皮、柴米油盐肯定是不能上桌的。为了烘托舅舅是个人物，我问舅舅今天可见到了那位副省长。

舅舅很老实地回答，说："没有，没联系上。"

这倒印证了我最初的直觉，官场的人岂是说见就能见的，前面都没有铺垫。但奇了怪了，那两瓶酒哪儿去了？但这个问题就是再好奇，也不好问啊。

我们举杯再次对小舅的到来表示欢迎。小舅抿了一口酒，咂巴咂巴，说："不错，这酒。"

我说："这是秋表哥给的，是他公司送客户余下的，说要三千多一支呢。"

"哼，肖立秋惯会搞这种小恩小惠，这么多年了还是没有一点儿出息。"小舅忽然垮下脸来，说话的声音虽然不大，但语气冷硬，话音里听得出他对秋表哥的不满。

我心里自然是替秋表哥鸣不平了，小恩小惠您瞧不上，您有出息您倒是给点儿大恩大惠啊。我说："这就可以了，秋表哥也算是做到了苟富贵，毋相忘。总不能让他给我们一人送套房吧。"我边说边呵呵笑，想把气氛缓和一下。

小舅并没有跟我一起笑，他似是一点儿都不在乎气氛的变化。他依旧一脸严肃，说："肖立秋格局不大，小富即安，年纪轻轻，四十多岁，就恨不得要养老，我快六十了，也没告老。"说着表情很是不屑，接着说："没有一点儿头脑，目光也短浅，不知道做大。”

我说：“秋表哥不是他们上海什么区的政协委员了吗？可以啦舅舅。来，碰一个。”

小舅又抿了一口酒，说：“什么政协委员，终成不了气候。”

这把秋表哥说得太不堪了。我心里有点儿抵触，手上还端着秋表哥的酒呢。但替秋表哥辩解，似乎又会勾起小舅对他的强烈批判，我一时竟也两难，便想着如何断开，再另起一行。

我说：“舅，给您老报告一个好消息，海表哥马上要调到武汉来了，官也升了一级，正科啦。”

小舅说：“像马晓海，考进了公务员的队伍。肖立秋若是有心，完全可以为晓海操作一下，让他仕途顺利，平步青云。像世兰、你和你爱人，他也可以助助力，不是要他几瓶酒几斤茶，是他要有为家族搭架子的谋划，不能只顾眼前，要长远地考虑。”

小舅又说：“你们自己也要有点儿野心，要有往高处走的雄心壮志，趁着现在阶层还未完全固化，哪怕有一丝缝隙，都要削尖了脑袋朝上爬。蛋糕与面包都在上头，底层有什么？吃喝呼啦一辈子，终其一生不过是个蝼蚁。”忽而小舅有些悲哀，叹道：“这个世界的精彩从来都只有少数人能看到。往后这个社会，也许有钱的越有钱，没钱的永远没钱。”

我那口子给小舅加了一点儿酒，说："小舅说得有道理，我们也想向上，可一抬头，山峰入云栾，束手无策啊。天天坐在格子里熬材料，也觉得没有出头之日，拿个工资，过个众人都有的安稳日子，还要常规劝自己，知足常乐。"

小舅说："我跟肖立秋敲过好几回边鼓，好歹现在他还算有钱，要筹谋一番，要做架梯人，哪怕十二巫峰高万丈，有了梯子，慢慢也就上去了，只要上去了就能看到最美丽的太阳。上次我做股票，从内部打探了消息，递信要他买，若听我的盘算，至少他能猛赚一笔，这些钱拿来给兄弟姐妹架桥铺路，不就起来了？"

我慢慢地品出了小舅的意思，他是想把白、肖、程、马、邓建设成类似《红楼梦》里贾、王、薛、史的格局。这是一个宏伟的工程，眼前还只有几片破瓦烂砖。而我也才从小舅的话里惊觉，我倍感荣耀的武汉小两居生活，不过是蝼蚁，我的父母辛苦一生把我捧成了城市里的蝼蚁。舅舅一句话就抹杀了两代人的血汗和成果。我的心里一时五味杂陈，既不服却又无力辩驳。

服务员轻轻敲门，给我们又端来一盘菜，海蛎煎蛋，热气腾腾，说是我们消费达到了标准，酒店赠送的。她拿着铲刀将蛋饼划开，给我们每人的碗里送了一块，动作轻柔，态度谦卑，说："请先生和女士慢用。"然后微笑着退出。

也许舅舅说的是对的，这人间最美的风景只有有钱人才看得到。

舅舅趁着酒兴继续高谈阔论，说：“活在这个时代，就要应变这个时代，不要拧着扭着。鲤鱼跳龙门的样子很丑，可它化为龙的那一刻光芒万丈，人们只会记住这光辉耀眼的一刻，不会记住它曾经摔打的伤痕与丑态。这是一个好时候，浑水摸鱼，为后世子孙杀出一条血路，这是我们白家一代人两代人肩上的责任，要为这个责任努力奋斗。”

小舅顿了顿，说：“我一直都在为这个家族的前途努力，只是暂时我还没有太大的气量，若问我这个当舅舅的将来能给你们什么，绝不是烟酒糖茶，而是江河湖海、日月星辰。”

这么些年我不知道这位亲人遭遇了什么，见了怎样泼天的大世面，思想言谈全不像白家子女。外婆家虽然是地道的农民，但教育后人从来都是几句老话：“陈谷烂米不抛撒，想起灾年吃糠粑”，这是节俭；“树活一层皮，人活一口气”，这是上进；“钱财如粪土，仁义值千金”，这是金钱观；对于女子的品德还在要求封建社会那一套，“饿死事小，失节事大”。白家长辈就怕后人在人生航线里一个不小心翻了船。所以我们从小都被管教得中规中矩，只要人生有饭吃有衣穿，便要懂知足，知足才会常乐。

舅舅不偏不激、语气平缓的讲述还是蛮有煽动性的。他的江河湖海、日月星辰论形成了头脑风暴，那一夜我的心里如“威马逊”台风登陆华南沿海一样，所有心理建设都被摧毁了。我一夜失眠深深拷问自己的灵魂，真的是知足常乐吗？真的是跟大富大贵有仇吗？带院子的别墅想不想？琐碎的生活渴望不渴望有个保姆打理？武广里面那些国际奢侈品牌有没有兴趣了解一二？头等舱、商务座、VIP 贵宾包厢愿不愿坐？鱼子酱、松露、神户牛肉的滋味想不想亲口尝一尝？泰国、新加坡、印度尼西亚有没有用脚踩一踩的想法？是想的，可是这些自己做成了哪件？一件都没有，因为没钱。钱是什么？钱可以是眼界、胸怀、品位、胆量、境界、姿态、风骨、命脉。也许舅舅说得对，这个世界只有有钱人释放了自己，活成了人，穷人从来都是压抑自己，活得像个鬼。

舅舅次日一早就离开了武汉，走时我又给他送了两瓶二十年的白云边。他接了，说，昨天的两瓶酒他中午去汉口民众乐园那块儿，碰见以前的老街坊，俩人就着一盘卤猪耳朵和花生米喝完了。看着他进电梯，形单影只，想起外婆从前说的，小舅一辈子讨不到女人的热乎气，我不禁有一些伤感。

我折身回来将他送我的那只杯子洗净，打算泡茶，开水一倒，忽然一声闷响，热腾腾的水随即从底部放肆淌了下来。杯子竟掉底了。我突然想，未来小舅就算是能过上“玉盘珍羞直万钱”的日子，但“花间一壶酒，独酌无相亲”，这样的人生又有何趣呢？

小舅走后，我一连几天都心绪烦乱，一会儿被各种欲望逗弄得动如脱兔，然后又被各种现实束缚得静若处子。时不时就将自己撕裂一番。

我抽空儿给秋表哥打了个电话。我说："听说小舅给了你一次发大财的机会，你没把握住？"

秋表哥说："听说？听谁说？"

我说："小舅才从我这里离开。"

秋表哥说："哦，去找他那位省长同学去了吧！我看他现在着了魔了，啥关系都想去攀一攀。一门心思想攫取官场上的财富，说这才是在中国发财的捷径。"

我呵呵一笑，说："你真是有三只眼，小舅这次来就是想结交一位管金融和投资的副省长，但失败了。"

秋表哥说："他现在五十多岁了，小九妹跟小舅妈都移居美国了，他孤家寡人的，不知怎的，对权力与财富的追求疯狂无比。为了接触官场的高层，还专门去学了保健养生和风水、占卜，以期能有机会用上一用，获得深入的结交。"

小九妹跟小舅妈出国这事我听我妈说起过，这一次来汉他自己也提了几句。他说离婚后他把深圳的房子、股票、基金全卖了，加上所有的积蓄，全部给了小舅妈。他自己住在深圳的一个三十来平方米的公寓房里，重新白手起家。我们本来是准备为他的婚姻破碎唏嘘一下的，但看他却并不为此感到难过和遗憾，相反还有一种砸碎千年铁锁链的解脱感，我们也就又化悲伤为庆祝，庆祝他重获自由，再遇良人。

我们只知道小舅玩股票，但没想到在秋表哥的嘴里，小舅还成了神棍。我伸长打探八卦的触角，问道："他跟你弄没？道行怎么样？灵不灵？"

秋表哥无奈地说："他上半年跑到我深圳的厂子里面，说我大门开错了方向，对着高架，会破财，硬要我换个方向，一天到晚地纠缠，我没办法只得换了方向，灵不灵的，反正也不知道效果。"

我呵呵大笑，说："你看，小舅的玄学研究方向还是对的，你们吃这一套啊。哈哈。"

秋表哥也呵呵笑，说："小舅现在对股票研究很深，有几次悄悄地跟我说他的关系通到了国务院的银监会，动不动就给我递内部消息，要我跟庄。之前我听了他三次，亏了三次，搞得我周转资金都差点儿断了，君子不立危墙之下，我当然得止损，第四次我不信了，结果那一支确实是支牛股，然后他就跟拿住了把柄似的，一天到晚骂我。上次我去深圳检查产品库存，专门去看了他，一个人对着五台电脑屏，屏屏都是 K 线图。我一坐下他就要我把手机拿到卧室，怕说话被监听。还没说上三句话，他就说我影响了他，几分钟让他亏了几十万。"秋表哥说："我是再也不敢登他的门了。"

"哈哈……"我大笑。挂了电话，我心里就一直在琢磨，窝囊了一辈子的小舅在妻女去了国外后，竟强势了起来。有好几次我都怀疑，小舅不遮掩他跟小舅妈的恶劣关系，是不是在我们亲戚面前耍的一种心机，故意以小舅妈做挡箭牌，让我们这些想借钱、想借小舅之力的亲戚知难而退。我这阴暗的揣测不好去跟白家亲友讨论，他们都是忠厚本分的人，他们只会说小舅有难处。

如今小舅妈跟小九妹已移居海外，小舅一人独大，吃喝拉撒总算能自己做主了，可他对待外甥呢，依然这么翻脸无情，好心好意去看你，居然下逐客令，居然还埋怨外甥耽误他赚钱。秋表哥是我们中的一个杰出代表，他对待秋表哥的态度，便是对待我们众外甥、外甥女的态度，这令我们心寒。

小舅自武汉一别，我们又是几年音信不通。我于2013年年底将所有白氏亲友聚拢，建了一个微信聊天群，群名叫“好大一棵葫芦藤”。亲友们进来后，都调侃这个群名，说怎么起这么一个怪怪的名字，好大一棵葫芦藤，我们又不是葫芦娃。我注明出处，说：“这是外婆说的，说她这一串葫芦，只锯出了小舅一把好瓢。外婆是葫芦藤，我们都是她这根藤上结出的瓜。”但他们依然反对，说这个群名不好，纷纷建言献策，要改名为“相亲相爱一家人”或者“有爱的大家庭”。我绝不采纳这烂宇宙的名字。海表哥说：“那就叫‘一把好瓢’吧。”群里顿时狂笑。秋表哥说：“‘一把好瓢’有趣是有趣，但一把太孤单，不如起名‘六棵槐’，既有凝聚力，又有象征意义。”

秋表哥的建议群里倒是纷纷响应，都说这个好，各自给出了注解：六棵槐本来就是外婆门前一景，也差不多是白家岗的地标；外婆刚好有六个子女，六棵槐树开枝散叶，才有了如今枝繁叶茂的白氏一家。六棵槐，好！紧密团结的六棵槐，好！

在他们的议论中，我早就默默地把“好大一棵葫芦藤”改成了“六棵槐”。

“六棵槐”虽是由我创建，但秋表哥却更像群主。我发个言，如西伯利亚冷空气，秋表哥随便发个表情，都有人前来问候一番。建群半个月后，兰表哥把名叫“潜龙勿用”和“莪⑩一條鈥腥渔”的两个人拉到了群里，介绍说是小舅和小九妹。按群规，新人进群，群里要热烈欢迎，要拿出“千家万户把门开，快把咱亲人迎进来”的热情态度，但小舅父女进来后，群里突然安静了下来。

我作为群主，想带个头表个态，但憋住了。

大约一刻钟，群里都没啥动静。还是兰表哥率先发了个炸鞭炮的表情，说：“欢迎小叔和小九回家。”

然后是兰表嫂，她说：“欢迎小叔和小九妹。”

接着兰表哥的女儿“岗上の猫”说：“欢迎小爷爷和九姑姑。”

再是大舅，说：“欢迎欢迎，欢迎玉寿和九儿，这下亲人们就团圆了。”

跟在大舅后面的是秋表哥，秋表哥说：“欢迎小舅和小九妹，小九妹在美国还适应吧？”

我跟在秋表哥后面也赶紧表示了欢迎，并发了一张敲锣打鼓的表情图。很快群里再次热情高涨。但在我们的热闹里，“潜龙勿用”和“莪⑩一條鈥腥渔”保持沉默，没有一句回应，像是两团空气。我们也就此偃旗息鼓。

那年年底，我是在东北过的年，而小舅却回了白家岗。除了我和秋表哥，当然也要除开小九妹，白氏亲友在外婆家大聚了一次。等我正月初四回到娘家，小舅已动身去北京了，说是去见北京银监会的一个处长，这个处长还是我那在人民银行当行长的表姑介绍的一个关系，有几年的联系了。这几年小舅一年跑十几次北京，硬生生地把一条冷线跑成了热线。听说他学的按摩保健和堪舆都用在了处长和处长父母的身上，听表姑有次说起，处长买房子和给父母买墓地，都要小舅去察看。

也就是这一次，我妈对我说：“你小舅要发财了，并对每一个亲戚都做了安排，那可不是小打小闹的钱。你以后可要对小舅好一点儿，小舅这辈子不容易，为了我们这些亲人，操了大半辈子的心。”我联想到他之前在武汉与我说的那番话，感觉小舅似是要有些大动作，可我问我妈这次小舅回来对各家可有表示，我妈很不耐烦，说：“你这伢儿，眼皮子就是浅，小舅将来给你一座金山，你还争他这些干啥？”我便不语了。

我还听说，这次小舅回来要了我们每个晚生后辈的出生时辰，用四柱八字给我们都算了一次命。对于命理结果，他也没有什么评价，没说好也没有说不好。只是算完命后，他的情绪不怎么高昂，倒像是有满腹心事似的。

“六棵槐”的群里，小舅和小九妹依然是长年不发一言。那次小舅回来过年，亲戚们大聚的情景，群里也没有发一张图片，说是要为小舅的行踪保密。

秋表哥倒是很活跃，动不动就在群里发红包，大手笔的那种，一抢就是一百多块。抢完红包，我每次都会发一张磕头如捣蒜的表情图。兰表哥打趣我好几次，说：“春来妹又在治疗颈椎啊。”有段时间，群里找各种理由让秋表哥发红包，外婆生日啦，大舅生日啦，海表哥升副处啦，再后来大舅家母猪下崽都要秋表哥发红包。秋表哥有求必应，每次红包都能发几千，令我们很多人都能抢一两百。所以我每次都会大张旗鼓地跪舔秋表哥，似是想气一下潜水的小舅。

这几年，我依然在武汉过着如小舅所说的蝼蚁生活。每天挤公交、挤地铁，灰头土脸，却也生趣盎然。年表姐也来到了武汉，开了一家美容美发店，而且还小规模地连锁起来。

我们仨时不时就聚一下，他们也知道小舅对我们爹妈的许愿，说是将来要分多少钱什么的。这话说起来，我们当然都只是笑笑，哪里当真呢？可是心里还是隐隐地有些期盼。从道理上来说，我们都是有手有脚的年轻人，不愁吃喝，这么指望着一个人来彻底改变我们的命运，是恬不知耻的。毕竟小舅也好，秋表哥也好，都没有义务来对我们“精准扶贫”。亲情本就是一种纯粹的感情，但小舅之可恶，就是他一直姓“许”，让我们一直姓“望”，长期地望不到，积久就会生疑、生怨。善女子、善男子拜神佛也还讲究个许愿还愿，许了菩萨就要给菩萨，许愿不还愿，早晚生罗乱。

小舅最后引起了白家姊妹的公愤，是因为 2016 年白家岗村修路一事。村里修桥补路一般的套路都是让从村里走出去的，在外面当官的、发财的出大头。虽是出钱，但也是乡亲们的一种抬举，是在外的游子光耀桑梓的一份荣耀，是另一种高级的衣锦还乡。那一年，白家岗村的村支书带领村领导班子过年前专门到大舅家里坐了坐，当着外婆的面，把外婆的子女后人都夸耀了一番，说外婆好福气，生的儿女一个赛一个有出息，然后特别地把小舅恭维了一番，说他是白家岗第一个大学生，天之骄子、国家栋梁。又看了看堂屋的大匾，说：“这才是真正的华屋春晖啊。”

外婆跟大舅听了笑眯了眼。

然后村里表达了明年修路，想让白玉寿捐资的想法，说村里领导班子走的第一家就是这一家。外婆连连感谢村里的抬举和器重，说自古修桥补路是善举，她和大舅替小舅做个主应下来，让他出个三万五万的，也算是回应村人的奉承。大舅当着村干部的面给小舅打了电话，没想小舅竟承诺出五十万，差不多承担了整个修路的钱。村干部高兴得只差给外婆磕头了。次日，村上还专门置办了奶、茶、烟、酒、糖、酥、果、肉八礼，隆重地向外婆辞了年。

小舅要出五十万为白家岗修路，这个消息一经大舅发布，亲戚间和群里一下炸了，整个白家岗也炸了。我妈说，那一年她们姐妹回娘家辞年、拜年，走在路上，不少乡人都拉着她们的手，说了许多感谢、感激的话，说还是旺地方上出人呢，还有的说当年小舅受难他们没搭把手，如今小舅造福乡里他们却跟着沾光，心里惭愧。我妈和姨妈们或谦虚或安慰或大度或不计前嫌，皆是得意的神色。当年小弟受乡人奚落之屈，为上大学遭赠金之辱，如今一遭得报。想想以后，由她们小弟出资修的宽阔的水泥路从贺家渠口一直修到白家岗尾，修到六棵槐，接合外婆门前的稻场，这是何等的荣耀。这是光宗耀祖、荫蔽子孙的大事，白家姐妹明里暗里都痛快受用得很。

可是后来这事吧，不知怎的就转了弯，变了方向，之前承诺的五十万，小舅没能拿得出，末了只出了五万。这像是一场戏弄，把人抬起来欢喜一场，又猛地把人掀翻跌一跤。我妈和姨妈们也觉得无趣，都不敢回娘家，村人脸色难看，说话也风凉。

这也就算了，后来白家岗的路竟是由当年阻小舅上大学的村支书的儿子出全资修的，六十万，人家说出六十万，话一落地，就把钱打进了村里的账户。弄得村里人都说，果真是闹台打得大，必然无好戏。这是含沙射影地说小舅。钱到位，不出三个月，路就修好了，修好了不说，人家还在路口修了好大一个牌坊，上面刻着“野鹅堰”三个字。白家岗的村名都改了，说是村里领导决定恢复旧名，白家岗这地儿在清道光以前就叫野鹅堰，县志里面有记载，而且白家岗也一直是有这两个称呼的。说是这样说，但白家人心里知道这里面的文章。那老支书的儿子怎么发家的？还不是靠白家送的那个金如意。

那牌坊像高高的裤衩，令我妈和姨妈们还有大舅觉得是从人胯下走过。从那以后，再在她面前说小舅将来要彻底改变我们什么的，我妈就特别恼火，姨妈们和大舅也不再谈论小舅。

倒是秋表哥的生意这两年越做越大，名目越来越多，不局限城市下水管道了，市面上什么赚钱就做什么，纺织印染、造粒设备、医疗器械、动车座椅，去年又说要做什么大飞机，做的东西越来越不贴近生活、贴近群众了。有一段时间还嚷嚷说公司准备上市，后来说是因为中美贸易战，环境不好，便搁置了。

兰表哥去年四十四岁，又逢生二胎，秋表哥私下给兰表哥转账一万，兰表哥把转账截屏发到群里，惹来一片垂涎。我下半年生孩子，秋表哥又按照兰表哥的标准来了一遍，弄得各个表哥表姐都想生孩子。大表姐，也就是秋表哥的姐姐，说：“哎，弟弟妹妹们加油，我绝经了，没指望了。”群里哈哈大笑。秋表哥说：“姐要是再给我添个外甥，我给一百万。”大表姐说：“滚！”群里再次哈哈大笑。

我们从东湖私房菜馆出来后，秋表哥掏出一张金光闪闪的卡给海表哥，说是这个私房菜馆的VIP卡，里面他存了二十万块钱。我和年表姐的下巴都被惊掉了，说：“你又不在武汉住，存那么多钱干什么？”秋表哥说：“这个私房菜馆是省里的，算了，话不多说。”我和年表姐一头雾水，但海表哥好像听懂了，叫我们不要问那么多。秋表哥把卡给海表哥，说：“卡你拿着，弟弟妹妹们有需要就来这里消费。”海表哥也没客套就承情收下了。

秋表哥的司机把车开来，我们也赶紧道别。见我们因为喝酒，没有开车来，秋表哥说他就住翠柳村客舍，挺近，吃了饭想走走，安排司机送我们回去。又打开后备厢，拿了三个手提袋出来，说是他们公司买来送客户的，多了几个。我一看纸盒上印着“LOUIS VUITTON（法国奢侈品品牌路易·威登，简称LV）”，心就怦怦跳。我又忍不住热情地跪舔了秋表哥一番。

我们上了车，没溜出三步远，我从后视镜看到秋表哥对我们摆摆手后就拿起了手机，然后他踉跄了一下，差点儿摔倒。我赶紧让司机把车停住，从车窗伸头问他是不是喝多了。秋表哥向我们走来，一副大事不好的表情，我们赶紧从车上下来。秋表哥捏着手机，说："不好不好，小舅出事了。"

"怎么了？"我们一惊。

他说："你们看头条新闻。"

我赶紧掏出手机，划开，今日头条刚刚推送了一则消息："深圳五八集团涉嫌'老鼠仓'，高层领导被一锅端"。

我们四人在夜色中目瞪口呆，你看我我看你，不知道该说什么。

秋表哥稍稍迟疑了一下，突然很坚定地说："不行，我得连夜赶到深圳。"话刚出口，就吩咐司机，订最快的航班，他要先走。又对我们说："小舅妈出国前就跟小舅离了婚，这事她自然不会管的。"他上车后掏出一张卡给我，说："这是翠柳村客舍的房卡，商务大床房，两千多一晚上，朋友订的，你们住吧，记得明天退房就行，对了，含两份早餐。"

我毫不客气地赶紧接过，嘱咐秋表哥不要着急，路上注意安全。

在酒店宽敞奢华的套房里，我迫不及待地把礼盒拆了，果然是我神往的水桶包，顿时心花怒放。我让年表姐给我洗了个头，用吹风机简单地弄出造型，靠着落地窗，对着东湖夜景的霓虹疯狂自拍，又开了一瓶酒店敬赠的红酒与年表姐对酌。我将那些拜金风格的照片发在“六棵槐”群里，等了许久也没一个人搭理我。我突然意识到，是不是小舅的事亲戚们都知道了？我赶紧撤回了我那几张享乐主义的照片。在别人的难关上欢笑，是不符合白氏家族一贯的人道主义作风的。

我躺在软软的床上，用酒店的 Wi-Fi 开始搜索五八集团的“老鼠仓”事件，也搜索小舅白玉寿的点滴消息。关于白玉寿的信息网上并不多，配合五八集团或武汉六棉厂能搜到一些只言片语。小舅当年考取的是武汉财会学校，毕业后分配到武汉六棉厂财务室工作。这个厂子当时牛 × 得很，与武钢、武船并称“共和国长子”。他应该就是在这个厂子里认识的小舅妈。1990 年小舅就离开了这个厂，南下去了深圳，在五八集团从一名普通会计做到了公司财务总监。我在一个武汉老国企的怀旧论坛里看到一个网友在帖子里留言，说他是在六棉厂的院子里长大的，整个六棉厂留给他的童年记忆除了那座老钟楼，就是每天清早一个矮个子男人偷偷摸摸地去公厕给他媳妇倒尿盆，后面还跟着“哈哈”两个字。我没来由地肯定这个网友记忆里的倒尿盆的男人就是我的小舅。我忽然感到一种悲怆。

第二天我们在酒店吃早餐时，接到了秋表哥的微信，说：“没事，受惊了。”

我问："啥意思？"

他说："没有进去。"

我一头雾水，只觉得秋表哥讲话无头无尾。我再次问他："小舅怎么样了？是不是被抓了？"

他老半天回复我两个字母：BZ。

我先是怀疑秋表哥是不是在发高烧，但突然我警觉起来。我试着在输入法上打出BZ，出现了三个词组：不知，闭嘴，不在。我意识到可能事情不像我们想象的那么简单，秋表哥需要用密电码似的暗号来跟我们打哑谜。我反复琢磨里面的意思，估计秋表哥是在说小舅没有被抓进去。热点事件，高度关注，说太多是很危险的。

晚上，家人带着孩子出去转悠，我乐得清净。刚泡好茶，手机就响了，打开一看是秋表哥发的一段微信视频，并留言：看后即删。我心一晃，点开一看，是小舅，好像是在一张桌子底下，头发花白又蓬乱，胡子拉碴，身上一件格子衬衣胸前点点白迹，似滴下的牙膏沫。他双手环抱着自己，瑟瑟发抖，像是很害怕的样子，嘴里一动一动的，似在说着什么，但听不清。桌上的几台电脑显示屏也被推倒了。这跟前几年在武汉见过的小舅天差地别。他又老又落魄，若丧家之犬的狼狈样子，让人心疼又绝望。

我删掉视频后，人像是折断了腰一般，瘫痪在沙发上，一动也不能动。

过了一会儿，我问秋表哥："他在说什么？"

秋表哥又发来语音，是小舅的声音，这次我听清楚了，是在说："不是我举报的，不是我举报的，不要追杀我，不要追杀我。"

我说："是谁恐吓他？"

秋表哥说："当然是进去的人。"然后他发来两个字：删除。

我继续瘫在沙发上，天光透过窗户一点儿一点儿暗下来，黑暗终于将我吞噬。我打了一个寒战，忽然感觉到一种不可名状的恐惧。似大厦将倾，一切都来得太快，事先没有一点儿征兆。小舅曾鼓励我们削尖了脑袋也要爬到高处，不能烂在底层的言语还响在耳畔，这个拼命爬向高处，要为白氏家族的光明未来买单，要赠予我们后生日月星辰的人，自己却从高处跌落下来。

我想跟小九妹联系一下，点击进群才发现群里已没有了"潜龙勿用"和"莪⑩一條鈥腥渔"，他们不知何时退了群。我顿时觉得，从前在群里我过度抬举肖立秋来唐突他们的样子好丑，丑到令人作呕。

半个月后单位派我去上海总部取一份保密材料，办完公事，还有几个小时的富余，便给秋表哥打了个电话。他说他刚从深圳回上海，就约在虹桥机场见面。他来后把我带到机场里面的一个酒店，开了个房间。从服务员的笑脸和问候来看，他应是这里的熟客，而且他还有这个酒店的 VIP 卡。前台拿了我的身份证边给我拍照边冲我笑，别有一番深意似的。我说："我是他表妹。"前台愣了一下，笑得越发开颜了，说："肖总的表妹好。"秋表哥说："这是真表妹。"我瞪了他一眼。难道表妹还有假的吗？

第一次跟男的开房，居然是自己的表哥，真他妈别扭。进了房间，他把门一关，我心里也莫名有些忐忑，说："见面说几句话，还要开房，孤男寡女的。"秋表哥一边点烟一边说："你能不能不要心里油兮兮的，我知道你巴巴地跟我见面要问什么，那是在咖啡厅、粉面馆能聊的吗？"

我一悟，不由得对秋表哥再一次心悦诚服，果然姜是老的辣，事事考虑得都比我周到。我说："小舅到底怎么回事？"他说："小舅的事是小孩儿没娘，说来话长，现在他住进了深圳罗湖区精神病院。"

看我眼睛瞪得像铜铃，秋表哥说："这也没什么惊讶的，那天我不是给你发了视频吗？他神志不清，人处在极度恐惧中，大小便都失禁了。我心里也是震撼不小，这两年看他太各色，我也没怎么跟他联系。你看着他妻儿不在身边，想关心关心，给他打个电话，他还跟你规定时间。你上门去看他，他嫌你坐久了耽误他赚钱。经常地热脸去贴他的冷屁股，我也凉了心意，哪里知道他竟落到这步田地。"

我叹了一口气。小舅二十岁出乡关，便一直在外面，回家的次数十根手指掰得清，每次回来也不过三五天，接触的时间不长，交流沟通有限。血缘伦理上是舅舅，情感交际上却形同路人。他的人生轨迹、心路历程、遭际转变，我们都只是浮光掠影般地知道一点点而已。

秋表哥掐灭一支烟，又点燃一支，说："怎么说呢，一个苦难的家族里有一个人出人头地，其肩上好像天然就有一种拯救家族的使命。小舅心里其实一直对白氏家族有个宏伟蓝图，想他五个姊妹人人金山银山。他一直都在朝这个方向努力。当年他从财会学校毕业后能进武汉六棉厂，是跟人下跪求来的，也是下了一番功夫。1990 年到深圳进五八集团，十五年上下经营，坐到了集团财务总监的位置。我们都以为他一直都是集团高层，我也是才知道，他早几年就从集团出来了，伙同集团几个高层在境外注册了一个公司，利用银监会的关系吃起了'老鼠仓'这碗饭。先头嘛，他是说有小舅妈和小九妹，小舅妈那个人又强势，他顾不到白家岗这些亲戚，如今他与小舅妈离皮脱骨，让她们母女在国外，山高皇帝远，经济上他就可以自己做主了。"

我想起了早几年小舅在武汉时，我们在粤菜馆里说的那番话，心中一动。我说："小舅这事绝不是临时起意，他是谋定而后动的。"

秋表哥长长地吐出一口烟，说："嗯，现在回过头来看，他应该二十年前就在谋篇布局，从集团底层做到高层，又从集团出来，结交银监会处长，包括跟小舅妈离婚并把她们办出国，等等，都应是他一步一步实现宏伟蓝图的节奏。”忽然秋表哥笑了笑，接着说：“果真是矮子矮，一肚子拐，不得不说小舅还是绝顶聪明的。这些年按他的说法过的是刀尖上舔血的日子，但他还是赚到了钱，不然小九妹在美国的豪宅和兰博基尼哪里来？而且他反经济侦查手段也有，出了事摆平事的能力也很强。这些年他跑北京，路都跑成槽了。小舅说其实银监会敲打了他们几次了，多少个漏洞都是小舅用钱去抹平的。本来说好那次干完就收手，人家银监会处长都辞职隐居了，哪知道最后一票捅出娄子，碰了高压线。在医院里清醒的时候，他跟我讲过白家岗修路一事为何成为乌龙事件。那一次他是搞到了钱，但有人把这笔钱黑了，那一次黑掉了他五百多万。你要知道小舅干这事，是不能用自己的银行卡的，也不能用亲戚的，不然账户有异动，是很容易暴露的。他的钱一般是打进千里之外的一个朋友的账户里，说那个朋友是吉林的，寡妇，与小舅有过命的交情，之前他们合作得都很好，但不知为何那一次人家反水了，从此那女的也如人间蒸发般再也找不到。这笔钱本身也是黑钱，不能报警，只能干忍。但这个事对小舅的心理打击很大，他再也不敢相信任何人。不过这一次东窗事发，小舅能成为漏网之鱼全身而退，不得不说这是万幸。”

我说：“我搞不懂小舅为何把自己活得那么劳累，我们曾经是幻想过小舅的援手，但那是力所能及的援助，没有指望他给我们挣个金银堆满屋啊。”

秋表哥用烧开的水冲了两杯速溶的蓝山咖啡，递给我一杯，说：“你不知道，小舅这种心态我能体会到一些。像咱们穷苦家庭出身的人，后来若有一人过上了好日子，这人心里都有一种原罪感。小舅觉得他能走出来，是大舅和四个姨妈做出的牺牲，同是一个奶子喂大的姊妹，他读书，其他人用劳动的汗水供他，他是踩着他们的前程出来的，这种负疚感会如影随形，会让他在以后的生活中，吃块肉喝杯酒都觉得良心有愧。”秋表哥忽然有些动情，眼圈儿忽地红了，说：“就像我，有时想起你大表姐，也就是我姐姐，我也会整夜失眠。当初她的成绩也很好，若读也能读出来，可家里那个条件，使得她初中没读完就辍学了，成为家里的劳动力。我是靠着她的成全才得以跳出农门，她现在在镇上做点儿小生意，她不好自然也找不到好丈夫，一个老实巴交的漆匠，这样的组合，我就算想帮，也无从下手，只能帮他们在镇上起两栋房子，每年给外甥几万块钱，让他进好一点儿的学校。在你表嫂看来，我已经是仁至义尽了，可对我来说，依然弥补不了我的愧疚与亏欠。为这些事，我和你表嫂也积累了很多矛盾，我估计我的婚姻也不长久了。听你表嫂那个意思，大概是孩子将来成家后，她就会跟我提离婚的。”秋表哥说着说着竟哽咽了起来，搅动咖啡的手也直颤抖，说："这世上最幸福的事莫过于心安理得，但我和小舅这辈子也无法拥有了。没想到我跟小舅是一样的命，为家人打拼一辈子，到头来还是孤家寡人一个。"

一时间我的心里像是塞了好多块烂砖头，零乱而又沉重，不知道该说些什么。一个在精神病院神志不清的舅舅，一个热泪双流婚姻即将解体的表哥。这人世到底要给我什么样的启示？我也不知道该如何安慰秋表哥，他也是五十多岁的人了，鬓角也已经白了一片。我只能抽出两张纸巾，一张给他，一张给自己。

群里突然有了消息，是大舅发的一条语音，说是外婆不好了，今早倒在菜园里，被人发现抬回家，醒来后人就糊涂了，说黄昏话，说外公在窗户外边向她招手。大舅说："看样子，这次难得好了，能回来的就尽量回来，估计这是最后一面了。"

事发突然，我问秋表哥回不回，他说回不了，这两天把上海的事稍稍处理一下，明天又得飞深圳，小舅那边也离不得人。我点点头，表示对秋表哥的理解和支持，也表示了对他的敬佩。

次日中午我们到达外婆家。外婆头上包着帕子躺在床上，盖着一床厚厚的老式蓝花被子，越发的枯瘦了。我妈和几个姨妈围在床边无声又汹涌地流着眼泪。外婆似在睡觉，但每一声响动，她都会睁开眼睛，似在人群里找寻什么。这满堂的儿孙似乎都还不能让她瞑目。

我的脑海里闪出几个月前，她送我出门，站在六棵槐下对我说："从来团圆都缺只角，今年不缺了，到时候，我们这一窝亲好好聚一聚。"她在期盼她的幺儿。但她的幺儿此时却在千里之外身遭巨难。

不多会儿，大舅妈喊吃饭，我们就都出来了，房里留着我妈和姨妈们守着外婆。我们围坐在火塘吃炉子，很快就从悲伤的情绪中解脱出来，喝酒喝饮料，有说有笑。姨爹们对大舅说："还是要想办法跟玉寿联系，养老送终，人之常情，不要等以后黄土盖了身，空留遗憾。"

大舅捧着碗，腰身折着，一颗头似有千斤重。他说："你们也都知道，他现在的电话难打，给我们留的号码，规定必须要到星期天晚上八点到九点之间才能打，其他时间都是关机的，而且讲话还不能讲多，他说他的电话是被监控了。"大舅说的这个，我似乎有过耳闻，我听我妈也讲过，是从修路事件之后开始的，我妈说不知道小舅现在在外面干些什么名堂，连打个电话都难。

白家亲戚都觉得小舅有点儿神神道道的，但因见识水平有限，也不敢妄自评断。只是觉得联系他还有那么多规矩和约束，那干脆不联系好了。

大舅、大姨妈和白家长辈们还不知道五八集团的事情。可见表哥表姐们都没有跟家里通气。兰表哥似乎也不知道，他和表嫂居住在环境相对单纯的学校里，两耳不闻窗外事，一心只育二胎娃。情势所迫，我作为知情者，为外婆故也为小舅故，毕竟生离死别是人生大事，小舅即使身陷泥潭，但为人子，他有知情权。我对大舅说："想要联系小舅，不妨给秋表哥打个电话。"

大舅说："不是一样吗？他又没单独给秋儿设个二十四小时不关机的号码。"

我说："您打秋表哥的，秋表哥在深圳，就在小舅身边。"

大舅将信将疑，拿出手机，摁了号码。通了后，大舅说："秋儿，你是不是跟你小舅在一起？你让你小舅接电话。

"有什么不能跟他讲的？你再能耐，也是我的晚辈，晚辈不要做长辈的主，你做不起，你把电话给他。

"玉寿？玉寿，是不是玉寿？

"你在胡说些什么？我杀你？我怎么会杀你，我是玉福，是你兄。妈病危，快落气了，你赶紧回来，看能不能给妈送到终。"

"玉寿！玉寿！"大舅一声一声地叫着小舅的名字，说，"你瞎说些什么，妈不是被人杀的，妈是今早去菜园里摘菜晕倒的，谁来一个鸟不拉屎的乡下谋害一位九十岁的老太太呢，吃撑了。”

大舅说：“你不要疑心重，不要哭，哭什么呢，妈年纪来了，要走也是顺头路。你赶紧回来，妈舍不得断气，她还在等你。玉寿！玉寿！”

我们都住了筷子，一齐望着打电话的大舅，只听到电话那头传来歇斯底里的大叫声：“妈啊，我知道你是被人害的，他们要害我呢，找不着我，才跑来害你，妈啊，我要为你报仇。”又说：“妈啊，你说我怀抱一个冰人，真没说错，我好冷呢，一辈子都没有讨到热乎气。妈啊，我冷呢。”接着便是那种无助又凄凉的哭泣声。

“秋儿，你小舅舅怎么了？怎么成这样了？到底发生什么事了？你你你把他弄到医院去看看。”

大舅挂断电话，怔了一会儿，一屁股跌在椅子上，一脸疲惫，像是背了一座山回来似的。他的嘴里喃喃道：“玉寿，玉寿，妈真是白疼你一场了，你竟送不了妈的终。”忽然大舅嘤嘤地哭了起来。我们也感染了悲伤的情绪。

酒足饭饱后我们再次围在外婆的床前，外婆依然吃力地抬起眼皮，看着我们，她眼里不曾熄灭的期待像秋千般在我的心里晃荡，我为她苦难的一生不得圆满感到悲伤，明知她的心愿却不能为她实现感到无奈。我的老外婆，一个将死的人，一个强势了一辈子的女人，终将要在一种遗憾中离开她活了近九十载的人世。我的喉头像是卡了一根鸡骨，对这荒诞又残酷的人间感到无可名状的疼痛与恨意。

外婆的眼睛就那样睁着，睁了好久好久，直到大舅用手将其合上。

我们忍了许久的哭声终于宣泄了出来。

今年我在老家过年，我妈说："你小舅在外婆满五七的时候回来了，穿得邋遢死了，还背个蛇皮袋子。大家都以为是个叫花子。他一进屋就跪在外婆的灵前连连磕头，撞得地板嘣嘣响，这才搞清楚是你小舅。活着的妈是看不到了，只有引他到坟前看堆土。"说小舅那一场哭，差点儿背过气去，连过路的生人都跟着陪了一场眼泪水。

我妈说小舅这次回来给了大舅五十万现金，说这些年他没有为妈尽孝，一直都是大舅在照顾，包括发丧他也没有到场，这点儿钱算是一种补偿。他给得真心，大舅只得接了。那天晚上大舅说都不晓得他有没有在家过夜，等他次日一早起床，就发现大门八字大开，小舅的床上铺盖还是原封原样，都没散开。打手机又是空号，大舅便只当小舅是不辞而别。

过了三天，大舅看见堂屋大匾那里的一个板刷发亮，直晃眼睛，走过去一看，是小舅的手机，苹果的土豪金，用根绳子捆了挂在中间固定匾的木桩上。大舅取下手机，顿感事情不妙，赶紧跟几个妹妹联系。姨妈们和我妈也觉得这事蹊跷。疑心疑胆地在白家岗几口堰塘里下网搜寻，又到外婆坟茔的四周和附近几丛松林里找了几遍，都没有什么结果。

跟秋表哥打电话，秋表哥说："小舅出院后就把深圳的小公寓给卖了，卖了五十多万，现在我也不知道他住哪里。"

我妈又托我表姑打听之前给牵线的那个银监会处长。表姑回复说："那个处长早几年就辞职了，连同他的妻儿老小，一并都打听不到任何消息，怪得很。"

除夕前，大舅在群里发消息：听说邻镇村里的水库打捞起一具男尸，已经被水泡烂，因当地派出所没有接到失踪人口报案，作为无主尸体已送到火葬场火化。

我们都觉得那不会是小舅。

图书在版编目（CIP）数据

一枝金桂 / 宋小词著．-- 石家庄：河北教育出版社，2022.10

（年轮典存丛书 / 邱华栋，杨晓升主编）
ISBN 978-7-5545-7192-7

Ⅰ. ①一… Ⅱ. ①宋… Ⅲ. ①中篇小说 - 小说集 - 中国 - 当代 Ⅳ. ① I247.5

中国版本图书馆 CIP 数据核字（2022）第 156156 号

年轮典存丛书
书　　名　一枝金桂
　　　　　　YIZHI JINGUI
作　　者　宋小词
出 版 人　董素山
总 策 划　金丽红　黎　波
责任编辑　陈　娟　张　涛
特约编辑　张　维　张金红

出　　版　河北出版传媒集团
　　　　　河北教育出版社　http://www.hbep.com
　　　　　（石家庄市联盟路 705 号，050061）
印　　制　天津盛辉印刷有限公司
开　　本　787 mm × 1092 mm　1/32
印　　张　7.25
字　　数　139 千字
版　　次　2022 年 10 月第 1 版
印　　次　2022 年 10 月第 1 次印刷
书　　号　ISBN 978-7-5545-7192-7
定　　价　48.00 元